チビにいちゃんとＯ《オー》ちゃん

文 エディス＝ウンネルスタッド
訳 小宮 由
絵 さこ ももみ

もくじ

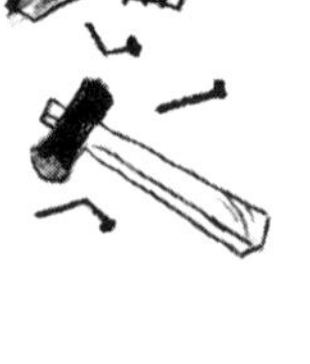

1　チビにいちゃんと　O《オー》ちゃん

ここは、ラルソン一家《いっか》が住《す》んでいる、スウェーデン、ノルシェーピング、西セント＝ピーター通りにある、ふるいマンションの二階《にかい》です。

それは、ある十一月《じゅういちがつ》の金曜日《きんようび》の朝のことでした。

「はぁ、すごい雨ね」ママは〈ニワトリ小屋《ごや》〉のロールカーテンをあげながら、まどの外を見ていいました。

〈ニワトリ小屋《ごや》〉というのは、チビにいちゃんとO《オー》ちゃんの部屋《へや》のことで、ラルソン家の人たちは、ふたりの部屋《へや》が、いつもさわがしいので、そうよんでいるのです。

チビにいちゃんのなまえは、パトリックといいます。七人きょうだいの下から二ばん目で、五さいでした。Ｏ《オー》ちゃんのなまえは、オフェリアといいます。すえっ子の三さいです。

「きょうは、外に出られないの？」チビにいちゃんとＯ《オー》ちゃんが、ママにききました。

「ええ、きょうは、家のなかにいたほうが、よさそうね」と、ママはいいました。「さっき、クロを外に出してやったら、三十分《さんじっぷん》もしないうちに、びしょぬれになって帰ってきたもの。こんな天気《てんき》じゃ、外でなにもできないでしょ？」

「ううん、あそべるよ」と、チビにいちゃんがいいました。

「あそべるよ」Ｏ《オー》ちゃんも、まねをしていいました。

「家のなかであそべよ」〈ニワトリ小屋《ごや》〉のまえをとおりかかった、にいさんのクヌッテがいいました。「ただ、おれのものには、さわるなよ」

そこへ、パパもやってきて〈ニワトリ小屋《ごや》〉のとびらから顔をのぞかせていいました。

「おはよう、ひよこちゃんたち」

「おはよう、パパ」と、チビにいちゃんはいいました。「ねえ、きょうは、なにしたらいい？」

「そうだな。絵とかかいたらどうだい？　デッシねえさんに、紙と絵の具《ぐ》をかりてごらん」

きょうだいの一ばん上のデッシは、十七《じゅうなな》さいで、学校《がっこう》を卒業《そつぎょう》したら、すぐにでも絵を仕事《しごと》にするつもりでした。

そのデッシは、ちょうど階段《かいだん》をかけおりているところでした。つづけて、ミッレとロザリンダとラッセとクヌッテも、いそいであとをおいました。上のきょうだいたちは、これから学校《がっこう》へいくのです。パパは、発明家《はつめいか》で、まいにち、工場《こうじょう》へ出かけます。

チビにいちゃんとＯ《オー》ちゃんは、ベッドからおきてきがえると、あさごはんに、シリアルとバターをぬったライ麦《むぎ》パンを食べ、牛乳《ぎゅうにゅう》をのみました。でも、そこまですると、あとは、なにをしたらいいか、わからなくなりました。

ラルソン家のねこのクロは、まどべにすわって、ぬれた毛をなめていました。ときどき、まどの外がわにしたたる水を、サッと、まえ足でさわろうとしましたが、どうやってもさわれないので、首をかしげていました。

雨は、はげしくふりつづいていて、庭《にわ》のむこうがわさえ、よく見えませんでした。

そこへゆうびんやさんが、ゆうびんをとどけにきました。でも、見たところ、どれもつまらなそうな封筒《ふうとう》ばかりで、写真《しゃしん》のついたチラシひとつ、ありませんでした。

あぁ、きょうは、なんてたいくつな日なのでしょう！

チビにいちゃんは、ねえさんたちの部屋《へや》にいって、デッシの絵の具《ぐ》をさがしました。でも、デッシは、絵の具《ぐ》をどこかの戸棚《とだな》にしまいこんでいるらしく、見つけることができませんでした。

Ｏ《オー》ちゃんは、自分《じぶん》のお人形《にんぎょう》の服《ふく》を、きせかえはじめました。チビにいちゃんにとったら、人形《にんぎょう》あそびなんて、ちっともたのしくありません。

チビにいちゃんは、しばらくぶらぶらしたあと、とつぜん、いいことをおもいつきました。

「そうだ、Ｏ《オー》ちゃん。ボートにのろう！」

Ｏ《オー》ちゃんは、チビにいちゃんのいうことなら、たいてい賛成《さんせい》してくれます。それに、Ｏ《オー》ちゃんは、ボートをこぐのが大すきで、チビにいちゃんといっしょなら、きっと、ずっとずっとおくまで、こいでいかれるでしょう。

「うん、のろう！」と、Ｏ《オー》ちゃんはいいました。

「ねえ、ママ」と、チビにいちゃんはいいました。「ぼくとＯ《オー》ちゃんとで、ボートにのってもいい？」

ママは、そうじきのスイッチをきると、シンクの下から、ホウロウの大きなたらいをふたつとり出し、長い木のスプーンを四本《よんほん》、もってきてくれました。たらいがボートで、木のスプーンが、オールなのです。

「きょうは、どちらにお出かけ？」と、ママはききました。

「海だよ。ブルー湾《わん》さ」と、チビにいちゃんがこたえました。

「ブルー湾《わん》よ」と、Ｏ《オー》ちゃんもこたえました。

「ブルー湾《わん》をこえて、モヤ島《とう》へいくんだ」と、チビにいちゃんはいいました。

「そう、モヤ島《とう》よ」と、Ｏ《オー》ちゃんもいいました。

「それで、ボートいっぱいに、いちごをつむんだ」と、チビにいちゃんはいいました。

「そう、いちご、いっぱい！」Ｏ《オー》ちゃんは、ほっぺたにえくぼをよせていいました。

「そうなのね。じゃあ、いってらっしゃい」と、ママはいいました。「ママは、そのあいだ、おそうじができるわ。ママの分《ぶん》のいちごも、もって帰ってきてね」

「いっぱいとってくるから、きっと地下室《ちかしつ》が、いちごのジャムでいっぱいになるとおもうよ」と、チビにいちゃんはいいました。

そして、ふたりは、たらいをブルー湾《わん》へはこびました。ブルー湾《わん》とは、この家でいうところの長いろうかのことです。そのろうかには、青いマットがしかれていて、それが、ほそ長い海のようなのです。

チビにいちゃんとO《オー》ちゃんは、たらいのなかにこしかけると、木のスプーンで海へこぎ出しました。ふたりが、たらいのなかで、おしりを右に左にかたむけると、たらいは、青いマットの上を、すこしずつすすんでいきます。

この芸当《げいとう》は、大きいきょうだいたちは、もうできませんでしたが、チビにいちゃんとO《オー》ちゃんなら、まだまだできます。それに、そのうでまえときたら、プロ並《な》みでした。

そして、このあそびは、マットをすこしずつくたびれさせてしまうのですが、ママは、それについては、なにもいいませんでした。小さい子ふたりが、たのしんであそべるなら、それでいい、とおもっていたのです。

そして、そのとおり、ふたりは、ぞんぶんにたのしみました。

「きょうは、波《なみ》がたかいぞ！」チビにいちゃんは、そういって、いっしょうけんめい、オールをこぎました。

おかげで、体が、ポッポと、あつくなってきました。

「でも、あたしたち、しずんでない！」O《オー》ちゃんは、そういって、ひっしにチビにいちゃんについていきました。

「しまった、とまれ！」と、チビにいちゃんがさけびました。「われわれは、食べものをわすれてきてしまった。一度《いちど》、もどろう！」

そして、ふたりは、ボートのむきをかえ、こいでこいで、ママのもとへもどっていきました。

「ママ！」と、チビにいちゃんはいいました。「ぼくたちに、食べものをくれなかったじゃないか。モヤ島《とう》についたら、おべんとうを

食べなきゃならないのに」

ママは、またそうじきのスイッチをきり、いそいで台所《だいどころ》へいくと、サンドイッチをふたつ作って、紙ナプキンにつつんでくれました。そして、台所《だいどころ》の入口《いりぐち》までこいできたチビにいちゃんのボートのなかに、サンドイッチをいれてやろうとしましたが、しっぱいして、たらいのうしろにおとしてしまいました。

「あぁっ！　食べものが海におちた！」と、チビにいちゃんが声をあげました。

「ごめんなさい、船長《せんちょう》！」と、ママはいいました。

それでも、チビにいちゃんは、オールをつかって、なんとかサンドイッチをひろいあげました。

そして、ふたりは、また、ブルー湾《わん》へむかいました。

Ｏ《オー》ちゃんのボートは、一度《いちど》、あまりにはげしくかたむいたため、てんぷくしてしまいました。でも、Ｏ《オー》ちゃんは、おぼれませんでしたし、すぐにボートをもとどおりにできました。なぜなら、チビにいちゃんが、海におちたＯ《オー》ちゃんを、自分《じぶん》のボートにのせて、たすけてやったからです。

「おまえ、およげないんだから、気をつけろ」と、チビにいちゃんはいいました。

「アイ！　気をつけるであります！」と、Ｏ《オー》ちゃんはこたえました。

それから、ふたりは、ずいぶんボートをこぎつづけ、やっとモヤ島《とう》へたどりつきました。モヤ島《とう》というのは、ブルー湾《わん》のおしまいにある、にいさんたちのラッセとクヌッテの部屋《へや》です。

ふたりは、はまべにボートを引きあげ、島《しま》に上陸《じょうりく》しました。ラッセのつくえは、いつも、ふたりのテントでした。チビにいちゃんとＯ《オー》ちゃんは、つくえの下にもぐりこむと、テントにはいったつもりになり、コーヒーをいれるふりをして、紙ナプキンをひろげ、サンドイッチを食べました。

それから、テントからはい出ると、部屋《へや》にあるソファへいって、そこに生《は》えていることになっている、赤いいちごを、ボートいっぱいつみました。そして、またボートにのりこむと、つんだいちごをママにとどけるため、家へ帰ることにしました。

帰りの旅《たび》は、行きよりも、ずいぶんはやい気がしました。というのも、ときどきズルをして、足でボートをこいでいたからです。

「まあ、ありがとう！　こんなにたくさんの、真《ま》っ赤《か》にじゅくしたいちごなんて、見たことがないわ」ママは、チビにいちゃんたちから、いちごをうけとるふりをしていいました。「そうじがおわったらすぐ、ジャムを作ってあげるわね」

チビにいちゃんとO《オー》ちゃんは、ジャムときくと、なんだかおなかがすいてきました。そこでママは、戸棚《とだな》にしまってあるいちごジャムを、ふたりにすこしなめさせてくれました。

チビにいちゃんとO《オー》ちゃんが、モヤ島《とう》へぼうけんにいくのがすきなのは、たぶん、ぼうけんのあとに、いつもいちごジャムを、ひとなめさせてもらえるからなのかもしれません。ママの手作《てづく》りのいちごジャムは、ほんとうにおいしいのです。ジャムの上に、生《なま》クリームをのせてもらえたら、もっとおいしいのですが。

いちごジャムをなめたあと、ブルー湾《わん》だった長いろうかは、こんどは、ノルヒェーピングとストックホルムをむすぶ鉄道《てつどう》になりました。

ママは「そうじをする日は、汽車《きしゃ》ごっこは、しないでほしいわ」と、いいましたが、外がこんなひどい天気《てんき》なら、しかたがありません。チビにいちゃんとO《オー》ちゃんは、長いろうかに、いすやスツールを一列《いちれつ》にならべて、汽車《きしゃ》の車両《しゃりょう》にしました。

汽車《きしゃ》ごっこでは、O《オー》ちゃんが機関士《きかんし》で、チビにいちゃんが車掌《しゃしょう》でした。車掌《しゃしょう》は、きっぷをきりながら声をあげます。

「この汽車《きしゃ》は、ストックホルムへは、とちゅう、ニュヒェーピング、バグンヘーラド、セーデルテリエにとまりまーす！」

汽車《きしゃ》の乗客《じょうきゃく》は、お人形《にんぎょう》やくまなどのぬいぐみでした。ねこのクロも乗客《じょうきゃく》にしようとしましたが、汽車《きしゃ》がうごきだしたとたん、いすからとびおりてしまったので、ママと駅長《えきちょう》になってもらいました。

汽車《きしゃ》が出発《しゅっぱつ》するとき、ママは、台所《だいどころ》の入口《いりぐち》から顔を出して、ぞうきんをふってくれ、クロは、しっぽをふってくれました。でも、クロは、ときどきばかなことをしました。自分《じぶん》から汽車《きしゃ》の下にとびこんで、もうすこしで、ひかれそうになったのです。

しばらくすると、ふたりは、汽車《きしゃ》ごっこにもあきてきて、いすやお人形《にんぎょう》やぬいぐるみをもとの場所《ばしょ》にもどすと、ろうかにちらばった、きっぷをひろいあつめました。

すると、ママに「いまから、ろうかと〈ニワトリ小屋《ごや》〉をそうじするから、そのあいだ、にいさんたちの部屋《へや》へいっててちょうだい」と、いわれました。

チビにいちゃんのすぐ上のにいさんであるクヌッテは、十二《じゅうに》さいでした。クヌッテは、めずらしい石と切手《きって》をあつめていました。それから、ガラスケースにはいった、ヘビのほねの標本《ひょうほん》と、はこにはいった、イースターエッグを六つもっていて、かべには、革《かわ》のさやにおさまったナイフが四本《よんほん》かざってありました。日ごろ、チビにいちゃんとＯ《オー》ちゃんは、クヌッテのもちものには、ぜったいにさわりませんでした。なぜなら、かってにさわると、とってもおこられるからです。

クヌッテの上のラッセにいさんは、本をたくさんもっていました。ラッセは、十四《じゅうよん》さいで、べんきょうねっしんな読書家《どくしょか》でした。ラッセの本のなかには、おもしろい絵がついているものもありました。その絵をきりとらせてはくれませんでしたが、見るだけでもたのしいものでした。

ラッセは、やさしいので、本にさわっておこられるということはありません。そこでふたりは、おのおのすきな本を手にとって、おもしろそうな絵をさがしはじめました。でも、きょうは、あまりたのしい絵が見つかりませんでした。

「まあ、でも、とにかく本を読んでみようよ。ラッセにいさんみたいに」と、チビにいちゃんはいいました。「O《オー》ちゃん、これ、いっしょに読もう。なんか、たのしそうだよ」

ふたりは、まだほとんど字が読めなかったので、読んでいるふりをしていましたが、チビにいちゃんは、すこしなら字が読めました。

「これはね、B《ビー》って字だ」と、チビにいちゃんはいいました。「あと、これは、T《ティ》」

「じゃあ、これは、なに？」O《オー》ちゃんは、S《エス》をゆびさしてききました。

「しらね」と、チビにいちゃんはこたえました。「なんだか、ヘビみたい」

「ヘビじゃなくて、ベビなんじゃない？」と、O《オー》ちゃんがいいました。

ふたりは、ちょっとだまりこみました。ふたりとも「ベビ」がなんだか、わからなかったからです。それもそのはず、そもそも「ベビ」なんて字は、ないのですから。

でも、チビにいちゃんは、O《オー》ちゃんが、かんがえだした「ベビ」という、ことばのひびきは「へビ」よりも、すてきだな、とおもいました。

「それでな」チビにいちゃんは、気をとりなおしていいました。「このまるっこいのが、O《オー》ってやつで、こっちが、おっきいO《オー》で、こっちが、ちっちゃいo《オー》だ。だから、こっちのちっちゃいやつが、おまえのことなんだぞ」

「そんなはずない」と、O《オー》ちゃんはいいました。「これ、あたしなんかじゃない」

「ううん、そうだよ。だって、ラッセにいさんが、そういってたもの。ほら、こんなちっちゃいところが、おまえにそっくりじゃないか」

「でも、目がないじゃない。あたしには、目がふたつあるわ」

「じゃあ、かいてやるよ」

チビにいちゃんは、つくえからペンをもってきて、そのページにあるぜんぶの小さいo《オー》のなかに、ちょんちょんと目をかきこんでいきました。

それを見たO《オー》ちゃんは「あぁ、これならあたしだ」と、いいました。

「よし、じゃあ、つづきを読もう」と、チビにいちゃんはいいました。

そして、チビにいちゃんは、ぶつぶつと読みはじめましたが、それがだんだん、おかしな歌にかわっていきました。

「アーボリ、ターボリ、ＢＴ《ビーティ》ベビ。
おっきいＯ《オー》に、ちっちゃいｏ《オー》。
アーボリ、ターボリ、ＢＴ《ビーティ》ベビ。
おっきいＯ《オー》に、ちっちゃいｏ《オー》」

すると、Ｏ《オー》ちゃんもいっしょになって、うたいだしました。
それから、ふたりは、おなじ本のべつべつのページを読んだり、ときには、本をさかさまにして読んだりしました。でも、それが、なにかおかしいことでしょうか？　小さなゆびで、文字《もじ》をさしながら本を読むふたりは、いま、とってもしあわせだったのです。

「アーボリ、ターボリ、BT《ビーティ》ベビ。
おっきいO《オー》に、ちっちゃいo《オー》！」

本を読むって、なんてたのしいのでしょう。ふたりは、おなじページをなん度《ど》もなん度《ど》も声に出して読みました。そして、ママが「お昼ごはんよ」と、部屋《へや》にきたときも、ふたりは、まだ、すわって読んでいました。

「まあまあ、あなたたちが、おとなしく本を読んでるだなんて！」ママは、びっくりしました。

チビにいちゃんとO《オー》ちゃんは「アーボリ、ターボリ」といいながら、にこにこしていました。

「それって、なに？」と、ママはききました。「ほんとに本を読んでるの？」

「ぼくたち、ラッセにいさんみたいに、英語《えいご》の本を読んでるんだ」と、チビにいちゃんがいいました。「ねえ、きいてて。これって英語《えいご》だよ。アーボリ、ターボリ、BT《ビーティ》ベビ。おっきいO《オー》に、ちっちゃいo《オー》！」

「そうよ、えーごよ」O《オー》ちゃんもいいました。「アーボリ、ターボリ……」

バタン！

とつぜん、チビにいちゃんが、いきおいよく、本をとじました。おかげで、O《オー》ちゃんの鼻《はな》が、もうすこしで、本にはさまれるところでした。

「お昼ごはんは、なに？」チビにいちゃんは、ママにききました。


「スクラーンブル、エーッグに、ソーセージ。

おっきいパトリックに、ちっちゃいO《オー》ちゃん！」


と、ママはいいました。

「あ、それって英語《えいご》だ！」と、チビにいちゃんはいいました。「ママも、英語《えいご》しゃべれるの？」

「すこしならね」と、ママはいいました。

「英語《えいご》なんて、かんたんだよ」と、チビにいちゃんがいいました。

「そうよ、かんたんよ」と、O《オー》ちゃんもいいました。

お昼ごはんのあと、ふたりは、いつも、お昼ねをすることになっていました。

ママが〈ニワトリ小屋《ごや》〉から出《で》ていくと、O《オー》ちゃんは、すぐにねてしまいましたが、チビにいちゃんは、すくっと、ベッドからおきあがりました。自分《じぶん》は、もう大きいのだから、お昼《ひる》ねなんてひつようない、とおもっていたのです。それに、じっさいのところ、ちっともねむくありませんでした。

チビにいちゃんはベッドからおりると、自分《じぶん》の写真《しゃしん》がはいっている、大きなはこをとり出し、なかのものをゆかにひろげました。写真には、カラーのものもありましたが、ほとんどが白黒《しろくろ》でした。

「そうだ。写真《しゃしん》に色をぬろう」と、チビにいちゃんはおもいつきました。

でも、さっき、デッシの絵《え》の具《ぐ》セットは、見つからなかったし、筆《ふで》だって、そのなかです。だとしたら、どうやって色をぬったらいいでしょう?

あ、でも、筆《ふで》なら、一本《いっぽん》、ある場所《ばしょ》をしっています。たしか、ラッセのつくえのペン立てに、さしていたはずです。それなら、きっとつかえるでしょうし、ラッセは、青インクと赤インクももっていたはずです。あのインクで、色がぬれるのではないでしょうか?

チビにいちゃんは、つまさきだちで、部屋《へや》の出口《でぐち》へちかづくと、そっとドアをあけました。ママのすがたは見えません。たぶん台所《だいどころ》です。だって、パンを焼《や》く、おいしそうなにおいがしますから。

チビにいちゃんは、そっと部屋《へや》を出ると、しのび足で、にいさんたちの部屋《へや》へいきました。そして、すばやくふたつのインクと筆《ふで》を手にとると、だれにも気《き》づかれずに、もどってくることができました。

それからチビにいちゃんは、ゆかにねころがって、赤と青のインクで、写真《しゃしん》に色をぬりはじめました。ノリもあったので、それもすこしつかいました。

色ぬりは、とってもうまくいきました。まるで、水彩画《すいさいが》のように写真《しゃしん》がきれいになったのです。ときどき、インクが写真《しゃしん》からはみ出て、ゆかにしいてあった、うさぎもようのマットにもついてしまいました。

「あちゃ、ママに見つかったら、おこられるかな?」チビにいちゃんは、インクがついてしまったマットのうさぎを見ながらおもいました。

でも、ついてしまったものは、しかたがありません。ならばいっそ、ほかのうさぎたちも、ぬってやったらどうでしょう？

そこで、チビにいちゃんは、筆《ふで》をインクにひたすと、ほかのすべてのうさぎを赤と青にぬっていきました。なかには、赤と青がまじったうさぎもできてしまいましたが、それはそれで、きれいでした。

そのとき、O《オー》ちゃんが、ベッドでねがえりをうちました。でも、目をさましませんでした。

チビにいちゃんは、O《オー》ちゃんをじっと見つめました。それからまた、じっと見つめました。そして、こんどは、いま、ぬった、カラフルなうさぎたちを見つめました。くらべると、なんだかO《オー》ちゃんが、ものたりなく見えました。O《オー》ちゃんの顔にも、もうすこし色があったほうがいいのではないでしょうか？　だって、ママは、ときどき赤い口べにをぬっているし、ミッレやロザリンダも、自分《じぶん》たちの部屋《へや》で、おけしょうごっこをしているではありませんか。だから、O《オー》ちゃんにだって、ほんのちょっと、色をぬってやれば、きっと、もっとかわいくなるはずです。

そこで、チビにいちゃんは筆《ふで》を赤インクにひたすと、O《オー》ちゃんにそっとちかづいていきました。

そして、まずは、かたほうのほっぺたにちょん。それから、もうかたほうのほっぺたにもちょん。まだ筆《ふで》のさきに、青のインクがのこっていたので、へんな赤色《あかいろ》になってしまいましたが、まあ、いいでしょう。

そのとき、ねていたO《オー》ちゃんが、ほっぺをぼりぼりとかきました。おかげで、O《オー》ちゃんのゆびが、インクまみれになってしまいました。

チビにいちゃんは、もう一度《いちど》、筆《ふで》を赤インクにひたして、こんどは、O《オー》ちゃんのくちびるをぬりはじめました。ところが、きっと、くすぐったかったのでしょう。O《オー》ちゃんは「クチュン！」と、くしゃみをすると、パチッと目をさまし、ベッドからおきあがりました。

「なにこれ。へんなあじがする」くちびるや舌《した》に、インクをつけたO《オー》ちゃんがいいました。

「シッ！　しずかに」と、チビにいちゃんはささやきました。「いま、おれは、おまえに色をぬってやってるんだ。きっとかわいくなるぞ」

そこへ、ママがやってきました。O《オー》ちゃんのくしゃみをきいて、体がひえているのかしら、とおもったのです。

「なにこれ？　ちょっと、あなたたち、いったい、なにやってるの？」と、ママはいいました。「え？ベッドにジャムでももちこんだの？　これは、いったいなに？」

「チビにいちゃんが、やったんだよ」と、O《オー》ちゃんはいいました。

「ちがうよ、ジャムじゃないよ」と、チビにいちゃんはいいました。「ぼくは、ほんのちょっと、O《オー》ちゃんに色をぬってやっただけだよ」

「色をぬる？」と、ママはいいました。「このインク、どこからもってきたの？　まあまあ！　こんなひどいこと、見たことがない。おふとんが！　マットが！　パトリック、あなた、なんてことしてくれたの？」

「だって、パパが、絵でもかきなさいって、いったんだもん」と、チビにいちゃんはいいました。

「でも、絵の具《ぐ》セットは、見つかんなかったし、それに、ぼくだって、インクより、絵の具《ぐ》のほうがよかったんだ……」

「ほんとうにひどい」ママは、もうすこしでなきそうな声でいいました。「かわいそうなO《オー》ちゃん。こんな顔になっちゃって。手もこんなによごれてる。あら、パトリック！　あなたの手！　こっちのほうが、もっとひどい。ともかく、ふたりとも、おふろ！　話は、そのあとよ。あぁ！　さっきこの部屋《へや》をきれいにしたばっかりなのに……。あ、そうだ。オーブンのパンを見てこなくちゃ！」

　インクをおとすのは、かんたんなことではありませんでした。〈ニワトリ小屋《ごや》〉のゆかは、洗剤《せんざい》をつかってこすらなければなりませんでしたし、インクのついたマットやふとんのシーツやまくらカバーは、どう見てもクリーニング行きでした。

　でも、なによりかんたんではなかったのが、チビにいちゃんとO《オー》ちゃんについたインクを、おふろでおとすことでした。ふたりは、目にちょっとでも石《せっ》けんがはいると、ビービー、ギャーギャーと、あばれまわるのです。

「チビにいちゃんのバカ、バカ、バカ！」O《オー》ちゃんは、なきながらいいました。「目が、チクチクするよう！」

「かってにないてろ！」と、チビにいちゃんはいいかえしました。

「いいから、ふたりとも、じっとして！」と、ママは声をあげました。

「こいつ、わるいよ。ひとのこと、バカっていった！」と、チビにいちゃんがいいました。

「あたし、わるくない！」と、Ｏ《オー》ちゃんはさけびました。「ねえ、ママ。あたしって、わるい？」

「ビービー、ギャーギャーなくなら、ふたりともわるい」と、ママはいいました。

「ママ。ごめんなさい」チビにいちゃんは、あやまりました。

「はいはい、こんかいだけは、おおめに見ます。でも、また、インクにさわったりしたら、しょうちしませんよ」

「あ、見て」チビにいちゃんが、おふろばのまどをゆびさしていいました。「雨があがってる！」

「あら、よかった」と、ママはいいました。「そうしたら、あなたたちを、家のなかにとじこめておくひつようはないわね。ほら、石《せっ》けんをつけて、ゆびをこすって。きれいになったら、庭《にわ》であそんできなさい」

「ひゃっほー！」チビにいちゃんは、ぜんりょくでゆびをこすりだしました。

「あたしもー！」と、Ｏ《オー》ちゃんもいいました。

「どうぞどうぞ」と、ママはいいました。「でも、長ぐつをはいてちょうだいね。庭《にわ》はまだ、雨でぐちゃぐちゃしてるでしょうから！」

2　チビにいちゃん　買い物《もの》にいく

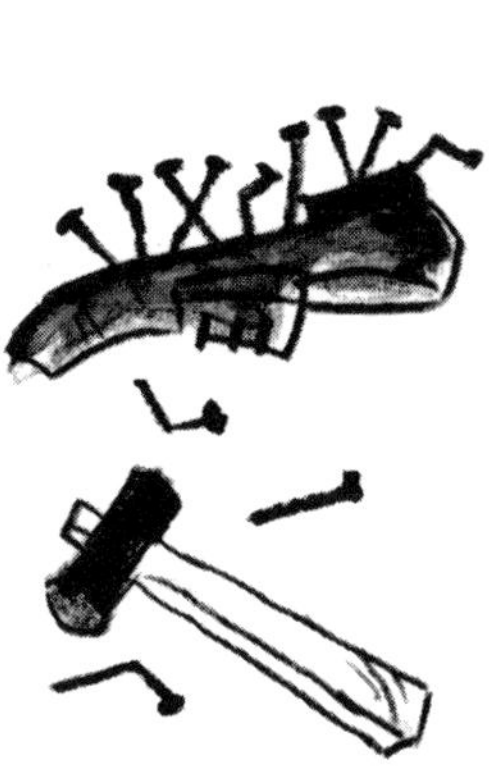

ある日の午後《ごご》、ママは、ソファによこになって、星《ほし》を見ていました。星《ほし》といっても、夜空《よぞら》の星《ほし》ではなく、目のまえに見える星《ほし》です。つまり、ママは、頭がいたかったのです。

ママがいうには、頭がいたいとき、目のまえに、星《ほし》がチラチラとおどって見えるそうで、そんなときは、家族《かぞく》のみんなが、ママにやさしくしてあげるのでした。

その日、チビにいちゃんは、ママのそばで、くつやさんごっこをしていました。まえからほしがっていた、パパのふるいくつをもらえたのです。ふるいくつなら、どんなふうにしてあそんでも、おこられることはありません。

チビにいちゃんは、トンカチと釘《くぎ》をなん本かもってきて、青いスツールにすわり、ほんもののくつ職人《しょくにん》のように、くつぞこに釘《くぎ》を打《う》ちはじめました。その音は、板《いた》に釘《くぎ》を打《う》ったり、おぼんをたたいたりするのとはちがって、それほどうるさくありませんでしたが、おもっていたよりもむずかしく、釘《くぎ》が、とちゅうでまがったり、ゆかにおちたりしてしまいました。それでも、親指《おやゆび》をなん度《ど》もたたきながら、なんとか一本《いっぽん》、打《う》つことができました。

　すこしして、ママが「はぁ」と、ためいきをついていいました。「パトリック。ちょっと、たのまれてくれないかしら。あなたはまだ、小さいけれど……」

　チビにいちゃんは、ママにそういわれて、もっていたくつをゆかにおとしました。いまや、パパのふるいくつは、釘《くぎ》だらけで、はりねずみのようになっていました。

「テーブルのようい？」と、チビにいちゃんはききました。「それくらい、できるよ。ぼく、もう、はらぺこだもの」

「テーブルのよういは、もうできてるの。料理《りょうり》も、ストーブの上にあるし。でもね、パンを買いわすれたの。だから、ライ麦《むぎ》パンをひとつ、買ってきてくれないかしら？」

「うん、いくいく！」と、チビにいちゃんはこたえました。

「パンやさんまでの道、わかるわよね？」と、ママはききました。「いっしょになん度《ど》もいってるから。ほら、うちのまえの坂《さか》をあがったところの」

もちろん、チビにいちゃんは、わかりました。うちのまえの坂《さか》をあがったところにある店なら、ぜんぶしっています。これまで、ひとりでいったことがなくても、あそこのパンやにいくだけなら、かんたんです。

「より道しないで、まっすぐいくのよ。買うのは、ライ麦《むぎ》パン。わかった？」

チビにいちゃんは、うれしくなって、うたうようにいいました。

「ライ麦《むぎ》パンに、大麦《おおむぎ》パン、小麦《こむぎ》パンに、エン麦《むぎ》パン、デュラム小麦《こむぎ》ってのもあったかな？」

そういっているうちに、チビにいちゃんは、なにをたのまれたか、わすれてしまいました。

「あれ？　なんのパンを買うんだっけ？」

「ライ麦《むぎ》パンよ」と、ママはいいました。「あんまり、ふざけないで」

「ライ麦《むぎ》パンね」チビにいちゃんは、コートをきながらいいました。「そうそう、ライ麦《むぎ》パン」

「おぼえておいてね、たのんだわよ」と、ママはいいました。「はい、これ、お金《かね》。これを出せば、五クローナおつりがもらえるはずよ。おつりは、おだちんとして、とっておきなさい」

ママが、お金《かね》を紙につつんで、チビにいちゃんにわたすと、チビにいちゃんは、ぼうしをかぶって、げんかんからはしって出かけました。ママは、かすかなえがおで、チビにいちゃんのうしろすがたを見おくると、そのまま目をとじ、またソファにぐったりとなりました。

外は、午後《ごご》の太陽《たいよう》がかがやき、強い秋風《あきかぜ》がふいていました。西セント＝ピーター通りにふく風《かぜ》は、うしろから、ビュービューとふいてきて、チビにいちゃんを坂《さか》の上までおしあげてしまいそうないきおいでした。

チビにいちゃんは、とちゅう、だれか友だちに会わないかな、とおもいながらあるいていました。ニッペやペッレ＝イエーランとかにばったり会って、いま、ひとりでおつかいに出かけてるんだと、

じまんできたら、どんなにいいでしょう。きっとびっくりするはずです。だって、友だちは、ひとりでおつかいに出されたことなんて、きっとないでしょうから。でも、ざんねんながら、だれひとり、友だちには会えませんでした。せめて、さかなやのおばさんが、店のまえにいてくれたら、よかったのに。

チビにいちゃんは、さかなやのおばさんをよくしっていました。まえに、店のまえに立っていたさかなやのおばさんに（おばさんは、よく、そうしているのです）生きたうなぎをさわらせてもらったことがありました。うなぎたちは、くねくねからみあって、ちょっと気《き》持《も》ちがわるかったのですが、チビにいちゃんは、ゆうきを出してさわってみました。でも、きょうにかぎって、さかなやのおばさんも、店のまえにいませんでした。

「帰りにおつりで、なに買おうかな」と、チビにいちゃんはかんがえました。「だって、五クローナだもんな」

チビにいちゃんは、キャラメルを買おうか、それとも、バナナにしようか、はたまた、おもちゃの列車《れっしゃ》にしようかとかんがえていました。ですが、ほんとうのところ、チビにいちゃんは、五クローナでなにが買えるのか、よくわかっていなかったのです。

でも、とにもかくにも、まずは、パンやへいかなければなりません。そこにいってはじめて、おつりをもらえるのですから。はじめて自分《じぶん》でかせぐ、五クローナです。

やっと、坂《さか》の上のパンやにつきました。すこし息《いき》がきれて、体も、ポッポと、ほてっていました。

「こんにちは」チビにいちゃんは、ぼうしをとって、あいさつしました。

「おやおや、こんにちは」と、パンやのおばさんはこたえました。「小さな紳士《しんし》さんは、なにをおめしあがりかしら？」

ききましたか？　いま、パンやのおばさんは、チビにいちゃんのことを「小さな紳士《しんし》」と、よびました。きっと、ひとりでパンを買いにきたからでしょう！

チビにいちゃんは、とってもうれしくおもいましたが、さて、なにを買いにきたんでしたっけ？

さっきまで、チビにいちゃんの頭のなかにあったのは、パンのおつりでなにを買うか、でした。そして、チビにいちゃんが買いたいものは、ここにはない、ということはたしかです。

「なにか、あまいもの？」パンやのおばさんは、チビにいちゃんにききました。「キャラメル？

それとも、チョコレートケーキ？　それか、キャンディーかしら？」たしかに、チビにいちゃんは、キャラメルも、チョコレートケーキも、キャンディーもすきでしたが、そんなものを買いにきたわけではありません。ママは、なにを買ってきてと、いったんでしたっけ？　チビにいちゃんは、店のカウンターやたなを、くまなく見てまわりました。

　スウィートロール？　いや、ちがう。フランスパン？　いや、ちがう。クッキーでもないし、ツビーバック（訳注《やくちゅう》：カリカリになるまで焼《や》いた、うすぎりの甘《あま》いパン）でもありません。もしかして、メレンゲだったかな？　いやいや、ママは、メレンゲなんて、ひとこともいってなかったはず。でも、メレンゲは、とてもおいしいので、それはそれで、ちょっとざんねんでした。

　そのとき、お店の電話《でんわ》がなりました。パンやのおばさんは、電話《でんわ》に出ました。

「はい、こちら、西セント＝ピーター・ベーカリーです」と、パンやのおばさんはいいました。

「あぁ、ええ。きてますよ。わたしも、ちょうどそうおもっていたところでした。ええ、はい。あ、そうなんですね。じゃあ、ほかには？　わかりました。ええ、だいじょうぶですよ。なにもいいやしません。はい、どうもありがとうございました」

パンやのおばさんは、電話《でんわ》をきり、チビにいちゃんのほうをむくと、にっこりわらっていいました。

「さて、おもいだしましたか？」

「まだ。いま、おもいだしてるとこ」と、チビにいちゃんはいいました。

そして、顔をしかめながら、いっしょうけんめいおもいだそうとしました。たのまれたものは、ジンジャーブレッドでもないし、オレンジケーキでもなかったはず……。

「もしかすると」パンやのおばさんが、たすけぶねを出してくれました。「それって、なんとか麦《むぎ》パンってものじゃない？」

「なんとか麦《むぎ》パン！」チビにいちゃんは声をあげました。「そう！　そんなやつ。えっと、たしか……ライ麦《むぎ》パンに、大麦《おおむぎ》パン、小麦《こむぎ》パンに、エン麦《むぎ》パン、デュラム小麦《こむぎ》ってのもあったかな……？　あっ！　ライ麦《むぎ》パンだ！」

「あら、よかった。おもいだしたのね」と、パンやのおばさんはいいました。「それで、うちには、ライ麦《むぎ》パンは、二種類《にしゅるい》あるんだけど、どっちかしらね。こっちかしら？　それとも、こっち？」

パンやのおばさんは、二つのライ麦《むぎ》パンを見せてくれました。ひとつは、細長《ほそなが》いパンで、もうひ

とつは、丸いパンでした。

チビにいちゃんは、またもや、だまりこんでしまいました。どっちかというと、丸いライ麦《むぎ》パンのほうがすきです。なぜなら、丸いほうが、上にバターがぬってあるし、きったときに、一まいが、大きくなるからです。でも、ママは、いつも、細長《ほそなが》いほうを買っていました。

「こっちの丸いほうはね、うちの店で一ばんいい、ライ麦《むぎ》パンだよ」パンやのおばさんは、丸いライ麦《むぎ》パンのにおいをかいでいいました。「んー、いいかおり！」

そこで、チビにいちゃんは、丸いライ麦《むぎ》パンを買うことにしました。そして、家に帰るまで、食べずにいられるかな？　と、ちょっとしんぱいになりました。なんだか、きゅうに、おなかがすいてきたのです。

「あら、パンをいれるふくろが、きれちまった。紙につつんでわたしてもいいかしら？」と、パンやのおばさんはいいました。

「はい」と、チビにいちゃんはこたえて、お金《かね》を出しました。「それで、これをわたしたら、おつりがもらえると、おもうんですが」

パンやのおばさんは、フフッとわらって、チビにいちゃんに、一クローナのコインを、五まいわたしてくれました。

「ち、ちがいます！」と、チビにいちゃんはいいました。「ママは、五クローナがもらえるって、いってました」

パンやのおばさんは、また、フフッとわらって「そりゃそうだ、ちゃんとした五クローナじゃなくっちゃね」といって、五まいのコインをもどしてもらうと、代《か》わりに、五クローナのコインを一まいくれました。

チビにいちゃんは、すっかりまんぞくしました。五クローナコインは、チビにいちゃんのお気にいりで、どんなコインよりも、よくしっていたのです。なので、ほかのコインでは、ぜったいだめなのでした。

「ありがとうございます」チビにいちゃんは、そういって、おじぎをすると、五クローナのコインをポケットにいれて、つつんでもらったパンをりょう手でもちました。

パンやのおばさんは、それを見て、チビにいちゃんのために、店のドアをあけてくれました。

「さよなら」と、チビにいちゃんはいいました。

外では、あいかわらず、つよい風《かぜ》がふいていました。帰りは、おもいっきりむかい風《かぜ》でした。坂道《さかみち》をくだるとはいえ、風《かぜ》にさからってあるくのは、たいへんでした。パンをつつんでいる紙が、バタバタとはためきました。いまにもふきとんでしまいそうです。

そこへ、ふたりの大きな男の子が、サンドイッチを食べながらあるいてきました。チビにいちゃんは、うらやましそうにふたりを見つめました。

「あぁ、おなかがすいた！　ぼくもサンドイッチ、食べたいなぁ」

でも、まって。あの子たちが、サンドイッチを食べているからって、なんだというのでしょう。こっちだって、大きなパンをまるごとひとつ、もっているではありませんか！

と、そのとき、とつぜんつよい風《かぜ》がふきぬけ、パンをつつんでいた紙を引きさき、やぶれた紙は、くるくるまわって、通りのむこうがわへとんでいってしまいました。

チビにいちゃんは、その場に立ちつくし、とおざかっていくつつみ紙を、ただ見ていました。なぜなら、チビにいちゃんは、通りをひとりでわたってはいけないと、ママにいわれていたからです。

それに、たとえつつみ紙がなくても、パンはパンなのですから、たいしたもんだいではありません。

それにしても、このライ麦《むぎ》パンは、よく焼《や》けていて、ツヤもあり、とてもおいしそうです。チビにいちゃんは、パンやのおばさんがしていたように、くんくんとにおいをかいでみました。

「んー、いいかおり！」チビにいちゃんも、まねしていいました。

あまりにいいかおりだったので、なみだが出てきそうでした。

「このパンをきって、さらにバターをぬって食べたら、おいしいだろうなぁ。いや、こいつは、ぼくが買ってきたんだから、これいじょうバターをぬらなくたって、おいしいにきまってる。どうだろう？　ほんのはじっこだけでも、味見《あじみ》してみては？　だって、とってもはらぺこなんだもの。それくらいゆるしてもらえるさ……」

チビにいちゃんは、そうおもって、ほんのちょっぴり、ライ麦《むぎ》パンのはじっこをかじってみました。その味《あじ》は、そうぞういじょうのものでした！　表面《ひょうめん》は、カリッとしていて、なかは、モチッとしています。それに、こおばしくて、すこしすっぱい味《あじ》が、口のなかにひろがって、なんともいえないおいしさでした！

チビにいちゃんは、もうひと口、食べてみました。

あぁ！　なんて、おいしいんだろう！　ライ麦《むぎ》パンを、こんなにおいしくおもったのは、生まれてはじめてです。

そのあとも、チビにいちゃんは、家に帰るまでに、もうちょっと、もうちょっとと、味見《あじみ》をくりかえし、ちびちび、くちゃくちゃと、やりつづけ、家に帰りついたときには、パンのあちこちに、チビにいちゃんの小さな歯形《はがた》がついていました。

チビにいちゃんが、パンをもって台所《だいどころ》へいくと、家族《かぞく》はもう、テーブルについていました。

「あぁ、ありがとう」と、ママはいいました。「あら？　ふくろにいれてもらえなかったの？」

「紙につつんでくれたんだけど、風《かぜ》でふきとばされちゃった」と、チビにいちゃんはこたえました。

「そう。あら？　でも、これはなに？」ママは、ライ麦《むぎ》パンをよくよく見ていいました。「ねずみでもいたのかしら？　よりによって、パンやさんに」

「いや、そうじゃないんだけど……」チビにいちゃんは、やってはいけないことだとわかっていたので、体をよじりながらいいました。

パパは、チビにいちゃんのようすを見て、くすっとわらっていいました。

「そいつは、ほんとにねずみかな？　人間《にんげん》の歯型《はがた》にも見えるがね」

「おなかが、ぺこぺこだったんだよう！　だから、ちょっと、味見《あじみ》をしただけだもん」と、チビにいちゃんはいいました。

みんなは、わらいました。

「でも、パトリック」わらいがおさまったあと、ママがいいました。「みんなが食べるものを、もうこんなふうにしないでね。あちこちきりおとさなくちゃならないから」

「だって、ほんとにおなかがすいてたんだもん……」と、チビにいちゃんはつぶやきました。

「あんたは、いつだって、おなかをすかせてるじゃない」と、ロザリンダがいいました。

「ブタだもんな」と、クヌッテがいいました。

「そんなふうにいわないで」と、ママがいいました。「はじめておつかいにいって、そのうえ、おなかがすいてたんだもの。もうゆるしてあげましょ」

ママは、ライ麦《むぎ》パンの表面《ひょうめん》を、ほうちょうでけずりました。

「これは、小鳥《ことり》にでも、あげましょうね」

「えっ！　だったら、ぼくにちょうだい」チビにいちゃんは、パンくずに手をのばしていいました。

パンくずになったって、このライ麦《むぎ》パンは、おいしいにきまっています。

「ほら、やっぱりブタだ」と、クヌッテが、またいいました。「おまえは、ブタのえさだって食べるのさ」

「ちがう！　これは、ぼくが買ってきた、おいしいライ麦《むぎ》パンだ。ブタのえさなんかじゃない！」

「そうよ、これは、おいしいライ麦《むぎ》パンよ」と、ママもいいました。

チビにいちゃんも、テーブルにつきました。そして、ミートボールとポテトとやさいスープと、けずったライ麦《むぎ》パンを食べました。

「ぼく、これからも、なんかいもなんかいも、おつかいにいって、なんかいもなんかいも、パンを買うんだ」と、チビにいちゃんはいいました。

食事《しょくじ》がおわり、お皿《さら》の料理《りょうり》が、すっかりなくなりました。みんなが、いすから立ちあがると、チビにいちゃんは、いつものように、大すきなラッセのあとについていきました。

すると、ラッセがあるくたびに、ラッセのあたらしい茶色《ちゃいろ》いくつが、キュッキュッと音をたてました。

「ラッセ、そんなふうに音をならさないで。頭にひびくわ」と、ママがいいました。

「だって、なっちゃうんだよ」ラッセは、そうこたえると、こんどは、チビにいちゃんにむかって

「わるくない音だろ？『くつをキュッキュッとならしたけりゃ、五クローナで買ってきな』って、いうんだぜ」と、いいました。

するとそのとき、チビにいちゃんは、ハッとしました。

「ママ。これからちょっと、出かけてもいい？」

「ちょっとだけなら、いいけど。どこへいくの？」

「ぼく、五クローナをつかうの、わすれてた」

「ブタは、ブタの貯金《ちょきん》ばこにいれとけよ」と、クヌッテがいいました。

「クヌッテ、からかわないで」と、ママはいいました。

「貯金《ちょきん》ばこにはいれない。だって、買いたいものがあるんだもん」と、チビにいちゃんはいいました。

「なにを買うのさ？」と、クヌッテはききました。

でも、チビにいちゃんは、こたえませんでした。

「いくなら、いそいだほうがいいわ。お店は、どこも、もうすぐしまるから」と、ママはいいました。

「それから、ジョンソンさんのスーパーよりとおくには、いかないでね」

チビにいちゃんは、いそいで出かけて、閉店《へいてん》まぎわのジョンソンさんのスーパーにとびこみました。

「あの、これで、五クローナ分の、キュッキュッをください」チビにいちゃんは、カウンターに五クローナのコインをおいていいました。

「五クローナ分のなんだって？」と、店員《てんいん》さんはききました。

「五クローナ分の、キュッキュッです」と、チビにいちゃんは、くりかえしました。

「キュッキュッ？」店員《てんいん》さんは、首《くび》をかしげました。

「店長《てんちょう》、うちに、キュッキュッてもの、ありましたっけ？」

「あるはずだぞ」ジョンソンさんは、レジのお金《かね》をかぞえながらいいました。「たしか、あたらしいキャラメルかなんかの名まえだ」

「ちがいます」と、チビにいちゃんはいいました。「キュッキュッは、キャラメルなんかじゃありません」

「ん？　じゃあ、あれか、オートバイの名まえか」と、ジョンソンさんはいいました。

「あぁ、なつかしい。そんな名まえのオートバイもありましたね」と、店員《てんいん》さんがいいました。「でも、店長《てんちょう》、そんなのずいぶん、むかしの話ですよ」

「ぼくは、オートバイなんか、ほしくありません」と、チビにいちゃんはいいました。「ぼく、大きくなったら、馬を飼《か》うんだもの」

「そうかい。じゃあ、そのキュッキュッてやつは、いったいなんなんだい？」と、店員《てんいん》さんがたずねました。「こな石《せっ》けんかい？　それともニシンの缶《かん》づめかい？　いや、たった五クローナだもんな、そんなもの買えやしない。そっか、チューインガムだな？」

「ちがいます」と、チビにいちゃんはいいました。

「じゃあ、なんなんだい？」

「キュッキュッは、キュッキュッです」と、チビにいちゃんは、いいはりました。

店員《てんいん》さんは、ためいきをつきました。

ジョンソンさんは、お金《かね》を声に出しながらかぞえていました。

「じゃあ、そいつは、どんな形をしてるんだい？」と、店員《てんいん》さんはききました。

チビにいちゃんは、ちょっとだまりこんでからいいました。

「粉《こな》みたいなものだとおもいます。色は、茶色《ちゃいろ》かな……」

「そりゃたぶん、プディング粉《こ》だ」と、ジョンソンさんがいいました。「チョコレート・プディングの粉《こな》にちがいない。五クローナじゃ買えんがな。きっと、ここにくるまでに、お金《かね》をおとしちまったんだろ。商品《しょうひん》をわたしてやれ。つけておくから。その子は、ラルソンとこのむすこだ」

「そんなんじゃありません」と、チビにいちゃんはいいました。「食べるものじゃないんです。く

つにつかうものです」

「くつに？」と、店員《てんいん》さんはいいました。「じゃあ、くつみがきの粉《こな》か、くつひもってことかい？」

チビにいちゃんは、話のつうじない、ジョンソンさんと店員《てんいん》さんに、いらいらしてきました。

「キュッキュッをしらないの？　くつにいれるやつで、それをいれると、キュッキュッて、なるやつだよ」

ジョンソンさんと店員《てんいん》さんは、まゆをひそめて顔を見あわせました。

「おい、小エビちゃん、よくきけ」と、店員《てんいん》さんがいいました。「おまえは、おれたちをからかうために、ここへきたのか？　店じまいで、いそがしいってときに」

「じゃあ、ここには、キュッキュッは、ないんですね？」チビにいちゃんは、かなしそうな顔できました。

「ああ、かけてもいい。そんなものは、ここにはない。この店には、おまえさんのいう、キュッキュッなんてものは、おいてない」

「でも、あるはずです。だって、ラッセにいさんが『くつをキュッキュッとならしたけりゃ、五クローナで買ってきな』って、いってたもん」

　すると、ジョンソンさんと店員《てんいん》さんは、目をあわせて、きゅうにわらいだしました。それから、ようやくジョンソンさんがいいました。

「そいつは、おまえ、ラッセにいっぱいくわされたのさ。おろしたてのくつには、キュッキュッとなっちまうものがあるし、ぬれたくつにも、キュッキュッとなっちまうものがある。あれは、やな音だ。おまえさんは、その音がほしいっていうのかい？」

「ぼくは、いい音だとおもうけど……」チビにいちゃんは、そうこたえて、その場に立ちつくしてしまいました。

　そして、すぐにまたいいました。

「じゃあ、やっぱり、キャラメルをください」

ジョンソンさんは、大きなキャラメルを三つ、わたしてくれました。ほんとうは、五クローナでは、一つしか買えなかったのですが。

チビにいちゃんは、ジョンソンさんと店員《てんいん》さんに、ていねいにおじぎをして、家へ帰っていきました。

家につくと、チビにいちゃんは、ラッセには、キャラメルをやらず、ひとつをクヌッテに、もうひとつをＯ《オー》ちゃんにあげました。そのあと、ラッセのところへいくと、にぎりこぶしで、ラッセのおなかをたたきだしました。

「お、おい、なんだよ」ラッセは、わらいながらいいました。「いったい、どうしたのさ？」

「だましたな！　お店に、キュッキュッなんて、売ってないじゃないか！」チビにいちゃんはそういって、さらに、なん度《ど》もラッセをたたきました。

「も、もしかして、さっき出ていったのは、キュッキュッを買いにいったのかい？　おまえ、あれが、ジョークだって、わかんなかったのか？」

「まだ、チビだからな」と、クヌッテがいいました。

「パトリック」パパが、えがおでいいました。「わたしが、おまえぐらい小さかったとき、いや、もっと上だ。たぶん、七さいか、八さいぐらいのとき、きんじょの男の子が、わたしに、キュッキュッを買いにいかせたことがあったんだ。でも、そいつはね、ただのふるいジョークなんだよ」

すると、チビにいちゃんは、ラッセをたたくのをやめて、パパにききました。

「パパも、だまされたの？　八さいのときに？」

「ああ、そうだよ。おまえより、ずっと大きかった。それで、ずいぶんはじをかいたよ」

チビにいちゃんは、それをきくと、にっこりして、ちょっとおちつきました。

「ごめんな、チビ」と、ラッセはいいました。「おまえが、ほんとに、キュッキュッを買いにいくとは、おもわなかったんだよ。ほんとうに、すまん」

「でも、あやまったって、キャラメルは、あげないよ。もう、クヌッテとＯ《オー》ちゃんに、あげちゃったからね！」と、チビにいちゃんはいいました。

3　チビにいちゃん　アヒルをさがしにいく

「ねえ、ぼくのアヒル、どこいった？」

ある日、チビにいちゃんがいいました。

「だれか、ぼくのアヒル、見なかった？」

「見でないわ」かぜを引いて、鼻《はな》をつまらせていたO《オー》ちゃんが、ベッドのなかからこたえました。

「自分《じぶん》のものくらい、自分《じぶん》で管理《かんり》しろよ」と、クヌッテがいいました。

「してるよ」と、チビにいちゃんはいいました。「でも、きっと、だれかが、もってっちゃったんだ」

「自分《じぶん》でどこかに、もってったんじゃない？」と、ママがききました。

「さいごに見たのは、どこ？」と、ミッレもききました。

チビにいちゃんは、ちょっとだまりこんでからいいました。

「わかんない。でも、ないとこまるんだ。きょうの夜、いっしょにおふろにはいるんだから。O《オー》ちゃんが、ぼくのボートをふんづけてこわしちゃったからね」

「それは、はんぶん、あんたのせいよ。あんなもの、ゆかのまんなかにころがしておくから」と、ロザリンダがいいました。「おふろになら、カメのおもちゃがあるじゃない」

「やだよ。あんなふるガメ、ちっともおもしろくないんだもん」と、チビにいちゃんはいいました。

「ふるガメじゃないぞ。ちゃんとしたカメだ」と、クヌッテがいいました。

「ふるガメだよ。だって、あいつ、よごれてるもん。それに、おなかに穴《あな》があいてるから、うかばないんだ。だから、アヒルがほしいんだよ」

「じゃあ、さがさなくっちゃね」と、ママがいいました。「でも、そのまえにちょっと外にいきましょ。お日さまが出てるうちに、スキーのズボンをはいてみてもらいたいの。ロザリンダ、手つだって」

「ねえ、あだしに、ゆぎだるま、づぐって」O《オー》ちゃんが、鼻声《はなごえ》でいいました。

「ああ、雪だるまな。いいよ。でも、それより、アヒルはどこさ？」チビにいちゃんは、しつこくききました。

「さいごに見たのは、いつだったかしらね？」と、ママがいいました。「きっと、自分《じぶん》でどこかへもってって、おいてきちゃったのよ」

「じゃあ、たぶん、ベラおばさんのとこだ」チビにいちゃんは、えがおでいいました。

チビにいちゃんは、コートをきて、ぼうしをかぶり、手ぶくろをつけると、マンションの一階《いっかい》にあるクリーニングやさんへいきました。そこは、ママのいもうとのベラおばさんのお店でした。

「ベラおばさん、ぼくのアヒル、見なかった？」と、チビにいちゃんはたずねました。

「いいえ。きょねんの夏、うちの別荘《べっそう》にいったときには、もってたわよね。あそこにおいてきたんじゃない？」と、ベラおばさんはいいました。

「じゃあ、とりにいってもいい？」

「あなたひとりじゃむりよ。それにあっちは、いまごろ雪でうもれてて、とってもさむいわ。春までまちなさい」

チビにいちゃんは、がっかりしました。

「だったら、アヒルもさむがってるだろうな。かわいそうな、ぼくのアヒル……」

「アヒルって、あのプラスチックのでしょ？　だったら、さむさをかんじないわよ」と、ベラおばさんはいいました。「さ、外にいって、元気《げんき》にあそんできなさい。そうしたら、あとで、できたてのレーズンロールの味見《あじみ》をさせてあげるから」

そこで、チビにいちゃんは、庭《にわ》の馬小屋《うまごや》へいきました。

ラルソン家は、しんせきのおじさんからゆずりうけた、ラーバンとロッタという馬を飼《か》っていました。マンションの大家《おおや》であるブリマーおばさんは、貸《か》し馬車《ばしゃ》をやっていたことがあったので、庭《にわ》に、りっぱな馬小屋《うまごや》があり、ラルソン家は、その馬小屋《うまごや》を、ラーバンとロッタのために借《か》りていたのです。

パパやママにとって、子どもが七人《しちにん》もいるうえ、二頭《にとう》の馬をやしなっていくのは、なかなかたいへんなことでしたが、ラルソン家は、むかし、ラーバンとロッタが引く馬車《ばしゃ》にのって、ストックホルムからノルシェーピングまで、たのしいぼうけんをしてきたので、二頭《にとう》を手ばなすつもりは、さらさらありませんでした。そして、いまは、パパが、工場《こうじょう》で作った発明品《はつめいひん》をはいたつするのに、この二頭《にとう》の馬をつかっていたのです。

馬小屋《うまごや》につくと、ラッセが馬のせわをしていました。

「ねえ、ラッセにいさん」と、チビにいちゃんはいいました。「ラーバンとロッタにくらをつけて、ぼくを、しずか荘《そう》へつれていってくれない？」

「しずか荘《そう》？　ベラおばさんの別荘《べっそう》ってことかい？」と、ラッセはききました。「ばかいうなよ。ラーバンとロッタは、朝の七時《しちじ》からはたらいて、つかれてるんだぞ」

「でも、どうしたってアヒルがいるんだよ。それにきっと、むこうで、さむさにふるえてる」

「じゃあ、こんどの日曜日《にちようび》にとってきてやるよ。ぼくとロザリンダで、あっちまでスキーをしにいくから」

「いますぐ、ほしいんだよ」チビにいちゃんは、ねばっていいました。

でも、ラッセは「それは、むり」と、いいました。チビにいちゃんは、ラッセが「それは、むり」といったら、なん度《ど》たのんでも、むだだということをしっていました。

そこでチビにいちゃんは、庭《にわ》へいって、O《オー》ちゃんのために、雪だるまを作ってやりました。でも、アヒルのことが気になって、ちっともたのしくありません。

そのとき、ベラおばさんの声がしました。

「パトリック、きてごらん。レーズンロール、いくつほしい？」

「ふたつ！」と、チビにいちゃんはこたえました。「あ、でも、もっともらえるんなら、三つ。いや、四つかな。五つでもいいよ！」

「まあまあ。くいしんぼうね」と、ベラおばさんは、わらっていいました。「ともかく、一度《いちど》にたくさんは食べないでね」

「ねえ、じゃあ、ふくろにいれてくれない？」と、チビにいちゃんはいいました。

チビにいちゃんは、レーズンロールが、五つはいった紙ぶくろをうけとると、ベラおばさんにおじぎして、クリーニングやから出ていきました。そして、はんぶんまでできあがった雪だるまのかたわらで、やおら立ちどまると、なにやら、ぼーっとかんがえだしました。そして、つぎのしゅんかん、とつぜん、庭《にわ》をよこぎって、門から外の通りへとび出していきました。

チビにいちゃんは、アヒルを見つけるのに、だれも手つだってくれないなら、自分《じぶん》ひとりでやってやろうとおもったのです。これまで、ベラおばさんの別荘《べっそう》へは、バスにのって、なん度《ど》かいったことがありますし、そのバス停《てい》なら、どこにあるかもしっています。

チビにいちゃんは、通りをひとつ、わたるたびに、いっしゅん、立ちどまって「ほんとうに、このままいっていいのかな？」と、おもいましたが、そのたびに、アヒルへの気《き》持《も》ちのほうが勝《まさ》ってそのまま、すすみつづけました。

バス停《てい》につきました。バス停《てい》には、ひとりの女の人と、ふたりの男の人が、バスをまっていました。女の人は、ケーキのはこをもっていて、ひとりの男の人は、とてもふとっていて、犬をつなぐ革《かわ》ひもをもっていました。チビにいちゃんは、その男の人のよこにならんで、その革《かわ》ひもを、じっと見つめました。

「うちには、ねこしかいないんだ」と、チビにいちゃんはいいました。

「ふむ、ねこも、いいね」ふとった男の人は、親《した》しげにほほえんでいいました。

「おじさんの飼《か》ってる犬も、やっぱりふとってる？」

それをきいて、ふとった男の人は、大声《おおごえ》でわらいだしました。

「まあ、たしかに、やせてはいないね。主人《しゅじん》とおなじように、食べるのがすきだからな」

チビにいちゃんは、こんどは、ケーキのはこをもっている女の人を見ました。

「ぼくも、レーズンロールをもってるんだ」チビにいちゃんは、自分《じぶん》の紙ぶくろを、じまんげに見せていいました。

「あら、そうなの」女の人も、にっこりしていいました。

そこへバスがきました。四人《よにん》は、バスにのりこみました。チビにいちゃんは、運転手《うんてんしゅ》のうしろの席《せき》にすわりました。そのとなりに、さっきのふとった男の人もこしかけました。

「どこへいくんだい？」ふとった男の人がききました。

「しずか荘《そう》だよ。ベラおばさんの別荘《べっそう》」と、チビにいちゃんはこたえました。「ぼくのアヒルをとりにいくんだ」

ふとった男の人は、それが、ほんもののアヒルかとおもって、また、ききました。

「へえ、そうかい。でも、きみだけで、アヒルを一羽《いちわ》、はこべるかい？」

「いくつだって、はこべるさ。だって、おもたくともなんともないし。それにぼく、つよいから」

ふとった男の人は、いったい、どういうことだろう？　という顔をしましたが、そのとき、バスの運転手《うんてんしゅ》が、料金《りょうきん》をうけとりにきました。

「ぼくは、はらわなくってもいいでしょ？　まだ、小さいから」チビにいちゃんは、運転手にいいました。

運転手《うんてんしゅ》は、こくりとうなずきました。運転手《うんてんしゅ》は、このふとった男の人が、チビにいちゃんのパパだとおもったのです。もちろん、チビにいちゃんは、バス代《だい》など、はじめからもっていませんでした。

バスがはしりだすと、チビにいちゃんは、いつもバスにのったときにやることをしました。それは、運転手《うんてんしゅ》のまねです。チビにいちゃんは、自分《じぶん》のまえにハンドルと、よこにギアレバーと、サイドブレーキがあるふりをして、そのハンドルをにぎり、バスの運転手《うんてんしゅ》が、ギアをかえると、チビにいちゃんもギアをかえ、運転手《うんてんしゅ》が、サイドブレーキを引くと、チビにいちゃんも、引くふりをしました。

そうしていると、レーズンロールがはいった紙ぶくろがじゃまで、なん度《ど》もゆかにおちてしまいました。そこで、チビにいちゃんは、紙ぶくろをふとった男の人のひざにのせていいました。

「ぼくが運転《うんてん》してるあいだ、これ、もってて。でも、食べちゃだめだよ」

「わかった。とってもいいにおいがするが、そうしないように気をつけるよ」ふとった男の人は、わらっていいました。

それをきいたチビにいちゃんは「あ、でも、一こぐらい、食べてもいいよ」と、気まえよくいいました。

「いや、そいつは、やめておこう」と、ふとった男の人はいいました。

「いいから、食べてよ。だって、ぜんぶ、ぼくのなんだから、だれにあげたって、ぼくの自由《じゆう》だもん」

「そうかい？　じゃあ、おことばにあまえて、ひとつ、いただこう」ふとった男の人はそういって、紙ぶくろからレーズンロールをひとつ、とり出しました。

「それで、きくが」と、ふとった男の人がいいました。「きみは、あれだろ？　きっと、おとなになったら、バスの運転手《うんてんしゅ》になるんだろ？」

「ううん。ぼくは、クリーニングやになるんだ」チビにいちゃんは、そっけなくいいました。「洗《せん》濯機《たくき》は……五台《ごだい》くらいあってね、もちろん、ぜんぶ、乾燥機《かんそうき》つきだよ。それでね……あ、ちょっと、いま、話してるひまないや。ぼく、いま、運転《うんてん》してるから」

チビにいちゃんは、もう一度《いちど》、集中《しゅうちゅう》して、バスの運転《うんてん》にかかりました。ふとった男の人は、レーズンロールを食べおえると、またいいました。

「見習《みなら》いの運転手《うんてんしゅ》さんのじゃまをしてわるいが、声をかけても、いいかな？　もらったレーズンロール、とてもおいしかったよ」

チビにいちゃんは、まえを見ながら、バスの運転《うんてん》に集中《しゅうちゅう》していましたが、ふとった男の人が、紙ぶくろを、ガサガサといわせる音をきいて、もしかして、もう一こ、食べようとしているのかな？　と、ふあんになり、横目《よこめ》で、ちらちらとようすをうかがいました。

そのとき、バスが、バス停《てい》にとまりました。チビにいちゃんも、しっかりとサイドブレーキを引くふりをしました。乗客《じょうきゃく》がなん人かバスにのってきました。そのうちのひとりは、しっているおばさんでした。それは、たまご売りのおばさんで、夏のあいだ、ベラおばさんの別荘《べっそう》にいるとき、ママが、そのおばさんから、よくたまごを買っていたのです。

でも、そのおばさんに気をとられているひまは、ありませんでした。バスが、また出発《しゅっぱつ》して、道のカーブのみぞにおちやしないかと、ちゅういしていなくてはならなかったからです。

バスが、十字路《じゅうじろ》にあるバス停《てい》にとまりました。すると、ふとった男の人がいいました。

「わたしは、ここでおりるよ。じゃあ、さようなら。レーズンロール、ごちそうさま。あとで時間《じかん》があったら、紙ぶくろのなかをのぞいてごらん」

チビにいちゃんは、ふとった男の人がなんていったのか、よくきこえなかったので、ただ「さよなら」と、いいました。もしかして、もう一こ、レーズンロールをいただいたよ、といったのでしょうか？　ともかく、ふとった男の人は、紙ぶくろを座席《ざせき》において、バスをおりていきました。

バスの運転手《うんてんしゅ》が「きみも、おりないのかい？」と、たずねてきました。

すると、ふとった男の人が、バスの外から、革《かわ》のひもをふって、にっこりしながらいいました。

「いいや、その子は、おりないよ。ベラおばさんの別荘《べっそう》へ、アヒルをとりにいくんだそうだ」

「そうなんです」チビにいちゃんは、バスの運転手《うんてんしゅ》にいいました。「それで、ぼく、どこでおりるのか、ちゃんとわかってます。ピンクの花がいっぱいさいてる、いけがきがあるところです」

それをきいて、バスの運転手《うんてんしゅ》はわらいました。乗客《じょうきゃく》たちもわらいました。みんなは、やっぱりあのふとった男の人が、この男の子のパパで、きっとベラおばさんの別荘《べっそう》で、だれかが、この子をまっているのだろう、とおもったのです。

それに、さっきのたまご売りのおばさんが、ベラおばさんの別荘《べっそう》をしっていたので、おばさんが、バスの運転手《うんてんしゅ》に、その別荘《べっそう》の場所《ばしょ》と、チビにいちゃんをおろすバス停《てい》をおしえてくれました。

そして、チビにいちゃんは、またハンドルをにぎったつもりになって、バスをはしらせました。

しばらくすると、またバスがとまりました。そのとき、チビにいちゃんは、いっしゅん、そこがどこだか、わかりませんでした。だって、どこにもピンクの花は見えませんでしたし、見えたのは、ただ、雪でおおわれた、いけがきだけだったからです。

ところが、すこしはなれたところに、ブリマーおばさんの別荘《べっそう》、くねくね荘《そう》の門が見えました(くねくね荘《そう》のほんとうの名まえは、いこい荘《そう》というのですが、別荘《べっそう》の表札《ひょうさつ》が、くずし文字《もじ》でかいてあるので、ラルソン家の子どもたちは、そこをくねくね荘《そう》とよんでいたのです)。

門に、ふたつの白い太陽《たいよう》の絵があるので、まちがいありません。チビにいちゃんは、その門が、世界《せかい》で一ばんすてきな門だとおもっていました。ということは、これから、どこへいけばいいかがわかりました。だって、しずか荘《そう》は、くねくね荘《そう》のとなりなのですから。チビにいちゃんは、バスをおりました。しずか荘《そう》への道は、すっかり雪でおおわれていましたが、チビにいちゃんは、長ぐつで、えっちらおっちらとあるいていきました。あるくのに、ずいぶん、骨《ほね》がおれましたが、それもなんだかたのしいや、とチビにいちゃんはおもいました。太陽《たいよう》は、あかるくかがやき、つもった雪は、わたのようにやわらかかったので、チビにいちゃんは、ちっともさむくありませんでした。

なんとか、ベラおばさんの別荘《べっそう》、しずか荘《そう》にたどりつきました。

ラルソン家は、夏になると、ベラおばさんにしずか荘《そう》を借《か》りて、ちかくのブルー湾《わん》で、およいだり、ボートをこいだり、船にのったりしてすごしていましたが、いまや、しずか荘《そう》のげんかんの階段《かいだん》は、雪ですっかりおおわれていて、やねからは、たくさんのつららがさがり、えんとつは、雪のぼうしをかぶっていました。

チビにいちゃんは、雪をかきわけ、階段《かいだん》をのぼり、ドアをあけようとしました。でも、ドアには、カギがかかっていました。チビにいちゃんは、ドアノブをまわしたり、ひねったり、ドアをノックしたりしましたが、どうにもなりません。カッとなったチビにいちゃんは、ドアをけとばしてやりましたが、ただ、つまさきがいたくなっただけでした。

「この、ばかドアめ！」と、チビにいちゃんはいいました。「ぼくは、アヒルをとりにきたんだぞ。なかにいれろ！」

しかし、そうはいっても、ドアがあくはずありません。チビにいちゃんは、なきそうになるくらい、がっかりしました。と、そのとき、チビにいちゃんは、レーズンロールのことをおもいだしました。そこで、手ぶくろで階段《かいだん》の雪をはらってすわると、紙ぶくろのなかをのぞいてみました。

すると、どうでしょう？　ふくろのなかに、見なれないものがはいっていました。

「なんだ、これ？」

よく見ると、レーズンロールの上に、大きなチョコバーが、二本《にほん》、のっていました。それも、ミルクチョコレートのチョコバーです！

「マジックだ！」チビにいちゃんは、声をあげてよろこびました。

まえに、ラッセが、マジックをやって見せてくれたことはありましたが、いま、このマジックは、だれがやってくれたのでしょう？　だって、ラッセは、この紙ぶくろを見てもいないし、ましてや、さわってもいないのです。

チビにいちゃんは、レーズンロールを二こと、チョコバーを一本《いっぽん》、食べました。どっちも、とってもおいしいものでした。

すこし元気《げんき》が出てきたチビにいちゃんは、あたりを見まわしました。ちかくに薪小屋《まきごや》があります。そこから、すこしくだったさきに、桟橋《さんばし》が見えました。でも、ラルソン家のふるい船、ルドルフ号《ごう》は、どこでしょう？　いつもなら、桟橋《さんばし》のちかくのブイのあいだに停泊《ていはく》しているはずです。だれかにぬすまれたのでしょうか？　チビにいちゃんは、しんぱいになってきました。

と、そのとき、チビにいちゃんは、いなずまにうたれたかのように、あることをおもいだしました。

「あっ、アヒル！　あれは、しずか荘《そう》なんかにない、ルドルフ号《ごう》のなかだ！」

チビにいちゃんは、アヒルを船のなかにおきわすれてきたことを、はっきりとおもいだしたのです。ですが、そのルドルフ号《ごう》が、いま、どこにも見あたりません。

チビにいちゃんは、さいしょ、家に帰って、このことをママやパパ、それからほかのきょうだいたちに、おしえてあげなきゃ、とおもいました。でも、ルドルフ号《ごう》は、ほんとうに桟橋《さんばし》にないのでしょうか？　もうすこし、ちかくまでいって見てみたほうが、いいのではないでしょうか？

そこで、チビにいちゃんは、自分のひざまである雪をかきわけながら、桟橋《さんばし》へおりていきました。

でも、桟橋《さんばし》には、やっぱりルドルフ号《ごう》はありませんでした。とおくで、なんそうか、船がいききしていましたが、どれもルドルフ号ではありませんでした。足もとの海はこおりついていて、まるで雪がつもった陸地《りくち》

のようです。すこし沖《おき》のほうに小島《こじま》が見えました。そこも、すっかり雪におおわれていました。

あっ、でも、見て！　あそこに見えるのは、ルドルフ号《ごう》ではないでしょうか？　そうです！　小島《こじま》にあるやねのついた船《ふな》つき場《ば》に、ほかの船とまじって見えるのは、ルドルフ号《ごう》にちがいありません！

「ぼくは、なんてまぬけなんだ！」と、チビにいちゃんはさけびました。

夏に、チビにいちゃんが、さいごにルドルフ号《ごう》にのったとき、パパとラッセが、ルドルフ号《ごう》をあの小島《こじま》にとめて、手こぎボートでこっちへもどってきたではありませんか。

チビにいちゃんは、それをおもいだして、うれしくなり、そのあと、はずかしくなりました。パパが「ルドルフ号《ごう》は、冬のあいだは、あの小《こ》島《じま》でおやすみするんだよ」と、いっていたのに！

でも、それをおもいだしたところで、アヒルがあそこにあることにかわりはありません。むしろ、じょうきょうは、わるくなってしまいました。でも、アヒルをもち帰るなら、どうしたって、ルドルフ号《ごう》のところまでいかなくてはなりません。

と、そのとき、もっていた紙ぶくろが、やぶれているのに気がつきました。そこで、チビにいちゃんは、チョコバーをポケットにつっこみ、のこりのレーズンロールを、りょう手にひとつずつもちました。そして、つぎに、チビにいちゃんは、なんと、こおった海の上を、小島《こじま》へむかって、あるきだしたのです！

海の氷《こおり》は、長ぐつの下で、ピキッ、パチッと音をたて、小さなひびを作りました。チビにいちゃんは、たのしくなりましたが、立ちどまっているひまなどありません。はやく、アヒルをとってこなければ！　チビにいちゃんは、たったかと、あるきつづけました。氷《こおり》の上にできた、チビにいちゃんの足あとは、すぐに、じわっと、海水《かいすい》ににじんでいきました。

小島《こじま》まであと半分《はんぶん》くらいまできたとき、一そうのタグボートが、えんとつから黒いけむりをあげ、ふたつの荷船《にぶね》を引っぱりながら、こちらへちかづいてきました。このままだと、船にひかれちゃう、そうおもったチビにいちゃんは、ぜんりょくで小島《こじま》へむかってはしりだしました。そして、ちょうどタグボートがとおりすぎたとどうじに、チビにいちゃんは、小島《こじま》に上陸《じょうりく》することができました。ふりむくと、タグボートが、白い氷《こおり》を、バリバリとわりながら、海をすすんでいました。タグボートには、ふたりの男の人がのっていて、こっちに手をふりながら、なにやらさけんでいます。でも、なんていっているのか、きこえなかったので、チビにいちゃんは、レーズンロールをもった手で、ふりかえしてあげました。

海の氷《こおり》が、われてくだけ、タグボートが引く、さいごの荷船《にぶね》がとおりすぎると、あとには、大きくぱっくりとさけた、黒ぐろとした海があらわれました。こうして見ると、たしかにそこは、陸《りく》ではなく、海だったのです。

「うん、やっぱり、ブルー湾《わん》がなくなるってこと、ないんだな」と、チビにいちゃんはおもいました。

チビにいちゃんは、レーズンロールを食べながら、ルドルフ号《ごう》が停《と》まっている、かべがないやねだけの船《ふな》つき場《ば》へあるいていきました。運《うん》がよかったことに、ルドルフ号《ごう》には、はしごがかかっていました。チビにいちゃんは、さいごのレーズンロールを口にくわえると、はしごをわたっていきました。船室《せんしつ》のドアには、カギがかかっていませんでしたが、チビにいちゃんの力では、あけることはできませんでした。水気《みずけ》のある風《かぜ》のせいで、ドアがふくらみ、まるでコルクの栓《せん》のように、かたくしまっていたのです。でも、ここまできて、あきらめるわけにはいきません。なんとしても、アヒルをもち帰らなくては。

そこで、チビにいちゃんは、船室《せんしつ》のやねにのぼって、ハッチを見てみました。ここでは、運《うん》が味《み》方《かた》しました。ハッチがひらいたのです。チビにいちゃんは、ハッチから船室《せんしつ》のなかにおりました。なかは、とてもくらくて、じめじめしていました。船室《せんしつ》には、小さい丸いまどが、ふたつついているのですが、そこからは、あまり光がはいってきませんでした。

それでも、チビにいちゃんは、自分《じぶん》がねていた簡易《かんい》ベッドまでいって、ベッドの下の救命胴衣《きゅうめいどうい》がはいっているはこに手をつっこみました。さいしょは、なにもないようにおもえましたが、手ぶくろをはずして、もう一度《いちど》、さぐってみると、なにかが手にさわりました。やわらかいものです。それは、ミッレのなべつかみでした。チビにいちゃんは、これをアヒルのベッドにしていたのです。

そして、そのすぐちかくに、つめたくてすべすべしているものがありました。

アヒルです！　ついに手にいれました！　チビにいちゃんのお気にいりのかわいい小さなアヒルが、やっと見つかったのです！

チビにいちゃんは、アヒルを引っぱり出すと、頭をなで、ほおずりしました。かわいそうなアヒル。こんな氷《こおり》みたいにつめたいところで、さぞさむかったことでしょう。

チビにいちゃんは、簡易《かんい》ベッドの上にはいあがり、きているコートの下にアヒルをいれてやりました。

「すこしあたためてやるよ。そのあと、家に帰ろ」チビにいちゃんはそういって、大きなあくびをしました。

チビにいちゃんは、長旅《ながたび》ですっかりくたびれていました。そして、そのうち、頭がこっくりこっくりしはじめ、まぶたもおもたくなってきて、とうとうねむってしまいました。
そのころ、外では、冬のよわよわしい太陽《たいよう》が、松《まつ》の木のかげにかくれはじめていました。夕暮《ゆうぐ》れが、せまっていたのです。

いっぽう、ラルソン家では、夕食《ゆうしょく》の時間《じかん》になり、そこに、チビにいちゃんのすがたは、ありませんでした。でも、さいしょは、だれも気にしませんでした。きっと、近所《きんじょ》の友だちの家に、あそびにいったんだろう、とおもわれていたのです。ママが、台所《だいどころ》のまどから、カウベルを、ガランガランとならして、庭《にわ》じゅうにひびかせました。

ところが、チビにいちゃんは帰ってきません。そこで、きょうだいたちが、チビにいちゃんをさがしに出かけました。ベラおばさんのところには、いませんでした。近所《きんじょ》の友だちの家にも、いませんでした。

みんなは、だんだんしんぱいになってきました。すると、ベラおばさんとラッセは、チビにいちゃんが、しずか荘《そう》につれていってほしい、といっていたことをおもいだしました。

「もしかして、あの子、アヒルをとりにいったんじゃないかしら？」と、ベラおばさんはいいました。

「だとしたら、バスにのっていったにちがいないよ」と、ラッセがいいました。

パパは、すぐにバス会社《がいしゃ》に電話《でんわ》をしました。

バス会社《がいしゃ》の人は「わたしのしるかぎり、きょう、五さいぐらいの男の子は、バスにのっていませんが、もうすこしくわしくしらべてみます」と、いってくれました。

そして、すこしたって、こんどは、バス会社《がいしゃ》のほうから電話《でんわ》がかかってきました。

「小さい男の子なら、きょう、ふとった男の人といっしょにのっていたそうですが、その子でしょうか？」と、バス会社《がいしゃ》の人はいいました。

「その子、白いぼうしに、青いコートをきていませんでしたか？」と、ママがききました。「だとしたら、うちの子です。いったい、どこへいったんでしょう！」

数分後《すうふんご》、パパとラッセは、懐中電灯《かいちゅうでんとう》と毛布《もうふ》、それから、あたたかい牛乳《ぎゅうにゅう》をいれた保温《ほおん》ポットをもって、タクシーにのりこみ、しずか荘《そう》へむかいました。

家にのこった人たちは「チビにいちゃんは、きっとだいじょうぶ。こんなに雪がふってるんだから、森とかにはいかないだろうし、迷子《まいご》になってることも、ないとおもう」といって、はげましあいましたが、こころのなかでは、やっぱりしんぱいで、あまり話がつづきませんでした。

しずか荘《そう》についた、パパとラッセと、それにタクシーの運転手《うんてんしゅ》は、バス停《てい》からしずか荘《そう》へつづく、小さな足あとをおっていきました。懐中電灯《かいちゅうでんとう》で、しずか荘《そう》のげんかんをてらしてみると、そこに、チビにいちゃんがすわったあとがあり、ちかくにチョコバーのつつみ紙がおちていました。そして、さらに足あとをおっていくと、桟橋《さんばし》までつづいていて、そこから海の上の氷にまでつづいているのを見たとき、みんなの背《せ》すじが、ぞっとしました。

パパは、その場で懐中電灯《かいちゅうでんとう》をふりながら「おーい、パトリック！　どこだー！」と、さけびました。

でも、へんじはありません。そこでパパは、海の氷《こおり》の上に足をのせてみました。

「パトリックは、さほどおもたくないが、このていどの氷《こおり》じゃ、おとながのるのは、きけんだ」と、パパはいいました。

つぎに、ラッセが、のろうとしましたが、パパがとめました。

「手こぎボートをもってこよう」と、パパがいいました。「そいつをまえにおしながら、すすむんだ」

三人《さんにん》は、手こぎボートをはこんできて、氷《こおり》の上におしだしました。そして、タクシーの運転手《うんてんしゅ》には、その場にのこってもらい、パパとラッセが、足あとをおいながら、ボートをおしてすすみだしました。

手こぎボートは、ときどき氷《こおり》をつきやぶり、ラッセは、一度《いちど》、こしまでしずんでしまいましたが、ボートにつかまったおかげでたすかりました。それは、なんとおそいあゆみだったでしょう。いつ、自分の足が、氷をつきやぶってもおかしくなかったのです。

とつぜん、ラッセが、立ちどまりました。そして、氷《こおり》がさけた海を懐中電灯《かいちゅうでんとう》でてらしながらいいました。

「こいつは、きっとタグボートかなにかが、とおったあとだよ。パパ、足あとが、ここでおわってる……」

パパは、なにもこたえず、さけた海へむかって手こぎボートをおしていきました。そして、氷《こおり》のはしまでくると、くらいしずかな海のなかを懐中電灯《かいちゅうでんとう》でてらしてのぞきこみました。

「あっ！　でも、パパ、見て！」ラッセが、ゆびをさしながらさけびました。「ほら、あそこ、むこうがわの氷《こおり》に、足あとがつづいてる！　よかった、あいつ、ここをわたれたんだ！　でも、いったい、どうやったんだろ？」

「あぁ、ひとまずたすかった……」と、パパはいいました。「きっと、タグボートがとおったのは、パトリックが、ここをわたったあとなんだろう。さ、ラッセ、わたしたちもここをわたろう。まず、おまえが、ボートにのれ。わたしが、海へおしだすから」

そこからさきは、船《ふな》つき場《ば》のある小島《こじま》まで、手こぎボートにのってすすみました。ボートのりょうわきで、氷《こおり》が、バキバキとわれましたが、ふたりは、どうにかこうにか、小島《こじま》にたどりつくことができました。

陸《りく》にあがると、ふたりは、足あとをおいつづけました。

「船《ふな》つき場《ば》にいったらしいな」と、パパがいいました。

パパより、すこしさきをあるいていたラッセが「ルドルフ号《ごう》にいったみたいだけど、そこからさきへは、どこにもいってないみたい」と、いいました。

パパとラッセは、大きな音をたてて、船室《せんしつ》のドアをあけました。

チビにいちゃんは、その音をきいて、ベッドからおきあがりました。そして、とつぜんあらわれた懐中電灯《かいちゅうでんとう》のまぶしいあかりを、まばたきしながら見つめ、体を、ぶるぶるっとふるわせました。

チビにいちゃんは、いっしゅん、自分《じぶん》がどこにいるのか、わかりませんでしたが、すぐにおもいだして、コートの下からアヒルをとり出すと、ラッセに見せてあげました。

「アヒル、あったよ」チビにいちゃんは、うれしそうにいいました。「見て、ぼくのアヒル」

「あぁっ、パトリック！」パパは、チビにいちゃんにかけよりました。「おまえ、よくも、こんなとんでもないことを！」

「なんで？　ぼくは、ただ、アヒルをとりにきただけだよ」

ラッセは、保温《ほおん》ポットのあたたかい牛乳《ぎゅうにゅう》をチビにいちゃんにわたしながらいいました。

「だけど、おまえ、どうして、こんなうすい氷《こおり》の上をあるいてわたろうとおもったんだ？」

「はー、おいしい」チビにいちゃんは、あたたかい牛乳《ぎゅうにゅう》をのむといいました。「そんなにあぶなくなかったよ。だって、ぼくがいくまえから、氷《こおり》の上に、足あとがたくさんあったもの」

「たくさんの足あと？」パパは、チビにいちゃんの背《せ》なかをさすってやりながらいいました。「どんな足あとだ？」

「カラス」チビにいちゃんは、なんでもなさげにいいました。

それをきいたパパとラッセは、あっけにとられたような顔で、たがいを見つめあいました。カラスの足あとがあったから、自分《じぶん》ものれるとおもっただなんて！

「パトリック、パパのいうことを、よおくききなさい」パパは、しんけんな顔でいいました。「これからさき、二度《にど》と、こんなことをしたらいけないよ。なぜなら、とてもきけんだからだ。けっして、ひとりで、こおった海の上をあるいてはいけない。わかったね？」

「はーい」と、チビにいちゃんはいいました。「でも、ぼく、アヒルをひとりぼっちにさせたくなかったんだよ。こんなさむいところに」

つぎの日、チビにいちゃんは、友だちに、きのうあったことを、こんなふうに話してきかせました。

「それでね、小島《こじま》から帰るとき、ぼくとアヒルは、手こぎボートにのって、氷《こおり》の上をすすんでいったんだ。パパとラッセが、うしろからおしてくれたんだよ。それで、ときどき、海のなかにおっこちちゃったんだけど、ボートがあったから、おぼれやしなかったのさ。そのあと、タクシーにのって帰ってきたんだけど、そのときは、タクシーの運転《うんてん》のまねは、できなかったよ。だって、ふたりがぼくを、毛布《もうふ》でぐるぐるまきにして、手が出せなかったからね。でね、あ、そうだ。あと、ルドルフ号《ごう》のなかに、手ぶくろをかたっぽ、おきわすれてきちゃったんだ。それから、家について、ステーキとデザートを食べたんだけど、おねえちゃんたちが、やたらとぼくにキスをしたがるんだよ。ぼくは『やめろよ』っていってやって、ママにだけ、頭にキスさせてあげたんだ。そのあと、アヒルとおふろにはいったんだ

けど、やっぱり、ぼくのアヒルは、ふるガメなんかより、ずっとうまくおよいだんだ」

おなじく、つぎの日、パパとラッセは、かぜを引いてしまいました。でも、チビにいちゃんは、引きませんでした。

ママは、家族《かぞく》にむかっていいました。

「パトリックは、むかしから、なにがあっても、病気《びょうき》をしないのよ。ほんと、ふしぎね」

4　チビにいちゃんと　時計《とけい》やのリリヤさん

ある日、ベラおばさんが、マンションの自分《じぶん》の部屋《へや》のドアをあけると、ちょうど、チビにいちゃんが、階段《かいだん》の手すりをすべりおりてきました。

「こんにちは、パトリック」と、ベラおばさんがいいました。「ちょうどいいところであったわ。ちょっと、おつかいをたのまれてくれない？　わたし、これから、やることがたくさんあって、手がまわらないの」

「どこにいけばいいの？」と、チビにいちゃんはききました。

「時計《とけい》やさん。修理《しゅうり》に出してた時計《とけい》がなおったかをきいて、なおってたら、うけとってきてほしいの」

「トケルヤサン？」

ベラおばさんが、あまりに早口《はやくち》でいったので、チビにいちゃんは、よくききとれなかったのです。

「それって、だれ？　どこに住《す》んでるの？」と、チビにいちゃんはききました。

ベラおばさんは、わらっていいました。

「通りの角にあるじゃない。スヴァンテ・リリヤ時計店《とけいてん》よ。しってるでしょ？」

「ああ、あそこね」と、チビにいちゃんはいいました。「でも、お店の名まえはしらなかった。おもしろい名まえだね」

「はい。じゃあ、これ、お店でわたすお金《かね》」と、ベラおばさんはいいました。「あ、ちょっとまって。つつんであげる。なくさないように」

「つつまなくったっていいよ。ぼく、自分《じぶん》のさいふをもってるから。チャックつきだよ」チビにいちゃんはそういって、ポケットから、サンタクロースの形をした、赤いさいふをとり出しました。

それは、ポケットが三つある、チャックつきのさいふで、クヌッテからもらったものでした。そして、さいふのなかには、ピカピカの五クローナのコインが、一まいはいっていました。

チビにいちゃんは、ちょっとまえ、五クローナのコインをとっても気にいっていた時期《じき》があって、そのころ、げんかんの敷《し》きマットで、ずっとこすってみがいていたのです。おかげで、そのコインは、まるで本物《ほんもの》の金《きん》のように、ピカピカしていました。

そこで、ベラおばさんは、チビにいちゃんのさいふに、お札《さつ》を一まいと、銀貨《ぎんか》を四まいいれました。それが、時計《とけい》やさんにいわれていた代金《だいきん》だったのです。

「あ、そっちにいれちゃだめ。こっちの空《あ》いてるほうにいれて。ぼくの五クローナと、まざっちゃう」

と、チビにいちゃんはいいました。

そこでベラおばさんは、べつのポケットにお金《かね》をうつしました。チビにいちゃんは、それをたしかめると、さいふのチャックをしめました。

ベラおばさんは、チビにいちゃんにいいました。

「それで、時計《とけい》やさんにいったら、リリヤさんにこうきくのよ。『ペルソンさんが、時計がどうなってるか、しりたいそうなんですが、もうきれいになりましたか？』って。それで、もし、まだようができてなくて、でも、そんなに時間《じかん》がかからないようなら、そこでまって、うけとってきてほしいの。ただ、もし、まつことになったら、しずかにしてなさいね。リリヤさんは、あんまり子どもが、すきじゃないみたいだから」

「リリヤさんって、それ、人の名まえ？」と、チビにいちゃんはききました。「リリィって、ユリの花ってことでしょ？　それなら、ママの鉢《はち》にさいてたよ。あ、でも、その鉢《はち》、クロが、まどべでハエをおいまわしてるとき、おとしてわっちゃったんだ。クロは、ママにおこられて、ベッドの下にもぐりこんでね、出てこなくなっちゃったの。だから、ぼくが、傘《かさ》でベッドの下をさぐって、おい出さなきゃならなかったんだ。それでね、クロったら……」

「わかったわかった。でも、その話は、あとにしましょ」と、ベラおばさんはいいました。「いい？　リリヤさんっていうのは、わたしのペルソンや、あなたのラルソンといっしょで、時計《とけい》やさんの名《みょう》字《じ》よ。さ、じゃあ、いそいで。時計《とけい》がひつようだから。より道しないで、まっすぐ帰ってくるのよ」

そこで、チビにいちゃんは、出かけました。そして、道みち、リリヤという花の名字《みょうじ》のトケルヤサンについて、あれこれかんがえました。

「トケルヤサンって、もしかして、頭がない代《か》わりに、首から上が、白くてきれいなユリの花だったりして。そんなわけないか。でも、トケルヤサンって、いったいなんなんだろう？　ときどきママは、だれかが、ふてくされてると『やなことあったら、トケルヤ、トケル』って、おまじないするけど、リリヤさんって人も、いつもふてくされてるのかな？」

それから、チビにいちゃんは、たのまれたことをわすれないように、ベラおばさんにいわれたことを、ぶつぶつとつぶやきながら、あるいていきました。

「ペルソンさんが、時計《とけい》がどうなってるか、しりたいそうなんですが……」

と、そのとき、チビにいちゃんは、あることに気がつきました。

「あれ？　これからぼくがうけとる時計《とけい》って、どんな時計《とけい》なんだろう？　ベラおばさんの店のかべにかかってるやつかな？　丸い振《ふ》り子《こ》が、ガラス戸のなかで『チックタック、チックタック』って、ゆれてるやつ。だとしたら、えらく大っきいぞ。ぼくの背《せ》とおなじくらいあるもの。あんな大っきいもの、どうやってはこべばいいんだろう？　とちゅうでおとして、こわしちゃったらどうしよう……？」

チビにいちゃんは、その場に立ちつくして、しばらくかんがえこみました。そして、いまきた道をひきかえしはじめました。そりをとりにいくことにしたのです。振《ふ》り子《こ》時計《どけい》をそりにのせれば、あんぜんにはこべますもの。

チビにいちゃんが、そりを引きながら、マンションの門を出ると、そりのすべり板が、ガタガタとなりました。ここ数日《すうじつ》、お天気《てんき》つづきで、歩道《ほどう》の雪は、ほとんどとけていたのです。のこっていたのは、歩道《ほどう》のすみにある、やねからおちてきた雪のかたまりだけでした。

ちょうどそこへ、道のむこうから、学校《がっこう》帰りのクヌッテがやってきました。

「どこいくんだい？」と、クヌッテがききました。

「おつかい」と、チビにいちゃんはこたえました。

「どこに？」

「いわない」チビにいちゃんはそういって、くちびるを引っこめてみせました。

クヌッテに、トケルヤサンのことをおしえたら、いっしょにいくと、いわれるかもしれません。チビにいちゃんは、このおつかいを、自分《じぶん》ひとりでやりたかったのです。ひとりでできれば、ずいぶん、おとなではありませんか。

「おまえ、通りをわたるなって、いわれてるだろ。ひとりでいったら、車にひかれるぞ」と、クヌッテはいいました。

「通りなんか、わたんないもん。じゃあね！」チビにいちゃんは、そりをガタガタいわせながら、クヌッテのよこをとおりすぎていきました。

チビにいちゃんは、通りをくだって角をまがり、時計《とけい》やさんのまえにやってきました。店の外に、大きな時計《とけい》がかかっていて、ショーウィンドウのなかには、金色《きんいろ》の時計《とけい》、銀色《ぎんいろ》の時計《とけい》、ステンレス製《せい》の時計《とけい》などがならんでいて、ほかにも、うで時計《どけい》や目覚《めざ》まし時計《どけい》、懐中時計《かいちゅうどけい》や置《お》き時計《どけい》など、さまざまな時計《とけい》がならんでいました。

チビにいちゃんは、しばらく立ちどまって、それらを熱心《ねっしん》にながめました。

すると、とつぜん、ショーウィンドウのおくの黒いカーテンが、シャッと、ひらいて、人の頭が、ぬっと出てきました。

それは、なんともおかしな頭でした。てかてかしたピンク色のはげ頭のまわりに、くるくるした灰色《はいいろ》の毛がはえていて、おでこには、紙でできた緑色《みどりいろ》のサンシェードをつけています。メガネもかけていたのですが、それが、おかしなめがねで、レンズが、下半分《したはんぶん》しかないのです。そして、その半分《はんぶん》のレンズの上に、ふたつの目玉《めだま》がのぞいていました。顔や首は、しわだらけで、長い鼻《はな》には、イボがあり、口は、つかれたようなへの字口《じぐち》でした。

「きっと、この人が、トケルヤサンのリリヤさんだ」と、チビにいちゃんはおもいました。

でも、どこをどう見たら、このおじさんが、かわいいユリの花なのでしょう。まったくもって大ちがいです！

チビにいちゃんは、ショーウィンドウに鼻《はな》をおしつけたまま、リリヤさんと目をあわせました。

それから、あいさつのつもりで、こくりとうなずいてみせましたが、リリヤさんは、うなずいてくれませんでした。

そこでこんどは、手ぶくろをはめた手を、小さくふってみせましたが、リリヤさんは、半分《はんぶん》のレンズごしに、チビにいちゃんを見ているだけで、それから、サッと、頭を引っこめると、シャッと、黒いカーテンをしめてしまいました。

チビにいちゃんは、そりを入口《いりぐち》のよこにおいて、お店のなかにはいっていきました。

チリン、チリン！

ドアについている鈴《すず》がなりました。

リリヤさんは、とてもまぶしい小さいライトをつけて、カウンターのおくにあるテーブルのまえにすわっていました。その光が、リリヤさんのはげた頭を、てかてかと、かがやかせています。見ると、いまはもう、さっきのメガネをかけておらず、こんどは、かたほうの目に、黒くて短《みじか》い筒《つつ》のようなものをつけていました。

チビにいちゃんは、ぼうしをとっておじぎをし、あいさつしました。

「こんにちは。その目につけてるものは、なんですか？」

「フゴッ」と、リリヤさんは鼻《はな》をならしました。

その音は、馬のラーバンとロッタが、かいばおけに口をつっこむときの鼻息《はないき》とそっくりでした。チビにいちゃんは、おもわずわらってしまいました。

「なにか用かね？」リリヤさんは、ぶっきらぼうにいいました。

そのいいかたには、まったくやさしさが感《かん》じられませんでした。

「えっと、ぼく、ベラおばさんの時計《とけい》が、きれいになったかききにきたんです。ベラおばさんは、いま、とってもいそがしくって、代《か》わりにぼくが、うけとりにきたんです。それで、ぼく、そりを引いてきたから、のっけていけば、もって帰れるとおもいます」

「きれいにする？」リリヤさんは、ふきげんそうにいいました。「わしは、時計《とけい》をきれいにするんじゃない。修理《しゅうり》したり、調整《ちょうせい》したりするんだ。洗濯婦《せんたくふ》とはちがう」

「あぁ、もちろん、おじさんは、女の人じゃないから、洗濯婦《せんたくふ》じゃなくて、洗濯男《せんたくおとこ》っていうのかな。あ、でも、ここはクリーニングやさんじゃないのか」チビにいちゃんは、わらっていいました。「あの、それで、おじさんの目につけてるものって、なんですか？」

「これが、なにかとな」リリヤさんは、目を大きく見ひらいて、短《みじか》い筒《つつ》のようなものを目からはずすと、小さな歯車《はぐるま》やネジがたくさんある、テーブルの上におきました。

「わっ、すご。とれた」と、チビにいちゃんはいいました。

「こいつは……虫メガネだ」リリヤさんはそういって、まるではじめて見たかのように、その筒《つつ》をつまみあげました。

「虫メガネ……」と、チビにいちゃんはつぶやきました。「それ、虫メガネなんだ。家に帰ったら、みんなにおしえてやろ！」

それから、チビにいちゃんは、お店のなかを見まわしました。

「時計《とけい》がいっぱい」と、チビにいちゃんはいいました。「きっと、おじさんって、お金《かね》もちなんだね。ママが『時計《とけい》って、とってもたかいのよ』って、いってたから」

リリヤさんは、カウンターまでやってきて、身をのり出しました。

「それで？　だれの時計《とけい》をとりにきたんだね？」リリヤさんは、緑色《みどりいろ》のサンシェードを上へおしあげて、ためいきをひとつつきました。

「ベラおばさんのです」

「だれだね、そのベラおばさんってのは？」リリヤさんは、またためいきをつきました。

「え？　しらないの？」チビにいちゃんは、おどろきました。「ベラおばさんが、時計《とけい》をもって、ここにきたでしょ？」

「だから、そのベラおばさんが、だれかときいとるんだ。それがいえんのか？」リリヤさんは、いかにもがまんしているような調子《ちょうし》でいいました。

「もちろん、いえるよ。ベラおばさんは、ママのいもうとだよ。クリーニングやさんをしてて、洗濯機《せんたくき》を二台《にだい》もってるんだ。それも全自動《ぜんじどう》のだよ。あとね、ペルソンっていうねこを飼《か》ってるんだ」

「そんなことは、どうでもいい」リリヤさんは、顔をしかめていいました。「それで？　なんてよばれてる人だ？」

「ベラおばさんは、女の人で、クリーニングやさん。名字《みょうじ》は、ペルソン」

「ああ、ペルソンさんか。なんでさいしょから、そういわんのだ」リリヤさんは、ぶつぶつといいました。「ペルソンさんのは……そう、そいつは、いま、やってるところだ。もうすこしでおわる」

「だったら、またせてもらえって。ベラおばさんが」

「フゴッ」リリヤさんは、また鼻《はな》をならすと、かたをすくめ、テーブルにもどり、小さな歯車《はぐるま》やネジをつついたり、つまんだりしはじめました。

チビにいちゃんは、またわらってしまいました。リリヤさんがならす鼻《はな》の音が、ほんとうにラーバンとロッタの鼻息《はないき》にそっくりだったのです。

「ねえ、フゴッてやつ、もう一回《いっかい》やって」と、チビにいちゃんはいいました。「すんごい、おもしろいんだもん」

リリヤさんは、また目から黒い虫メガネをおとしました。でも、鼻《はな》はならさず、ただ、ためいきをついて、チビにいちゃんを見つめると、また、黒い虫メガネをつけました。

「そのフゴッて、どっか、いたいの？　病気《びょうき》？」チビにいちゃんは、たずねました。

「いいや」と、リリヤさんはこたえました。

「それならよかった。ぼく、病気《びょうき》になったことがないんだ」

「だろうな」と、リリヤさんはいいました。

「うちの家族《かぞく》で、病気《びょうき》になったことないの、ぼくだけなんだって」チビにいちゃんは、ほこらしげにいいました。「ママは、ときどき頭がいたくなるんだ。それでぼくたちが、あんまりうるさくすると『フーフー』って、おじさんみたいな音を出すときがあるよ」

リリヤさんは、なにもこたえませんでした。

そのとき、チビにいちゃんは、ベラおばさんに、ここでは、あまりおしゃべりしてはいけない、といわれたことをおもいだしました。そこで、チビにいちゃんは、口をとじました。そして、まる一分《いっぷん》、だまっていました。

そのあと、チビにいちゃんは、お店のなかをうろうろして、きれいな時計《とけい》や、キラキラひかる振《ふ》り子時計《こどけい》などを見てまわりました。チリンチリンとなるものや、カッチンコッチンとなるもの、チツチッチッと、まるでエサ台にくるスズメの声のような音を出すものもありました。

ほかにも、花かざりがついている赤や青のエナメル製《せい》のものや、文字盤《もじばん》が大理石《だいりせき》でできているものもあり、なかでも、一ばん、チビにいちゃんの目を引いたのは、きれいな金色《きんいろ》の時計《とけい》でした。それは、時計《とけい》をはさむように、両側《りょうがわ》に金色《きんいろ》の王子《おうじ》が立っていました。

「わぁ」チビにいちゃんは、その時計《とけい》を見て、おもわず声をあげました。

リリヤさんは、チビにいちゃんをチラッと見て、ほんのちょっとだけ、にこっとしました。

チビにいちゃんが、つぎに目にしたのは、金色《きんいろ》の時計《とけい》とはうってかわって、とても地味《じみ》な時計《とけい》でした。ただの木のはこのようで、その木に、葉《は》っぱや小枝《こえだ》が彫《ほ》られており、上にやねがついていました。まるで、ツタがからまった家のような時計《とけい》です。

「なんだこりゃ」と、チビにいちゃんはつぶやきました。「こいつは、だれも買わないだろうな」

「ん？　どれのことだ？」と、リリヤさんはききました。「あぁ、それか。まあ、そいつは、ちょっとしたアンティークってやつだ」

すると、そのとき、お店のなかの時計《とけい》が、いっせいになりだしました。

ボーン、ボーン、ボーン！

チーン、チーン、チーン！

ゴーン、ゴーン、ゴーン！

カーン、カーン、カーン！

いろいろな音がまざりあって、まるでたのしい音楽《おんがく》のようでした。

と、そのとき、びっくりしたことがおこりました。チビにいちゃんが、だれも買わないだろうといった、あの家みたいな時計《とけい》から、パカッと、一羽《いちわ》の小鳥《ことり》がとび出してきたのです！　そして、その小鳥《ことり》が「カッコー、カッコー、カッコー」と、ないたでは、ありませんか！

「わぁ……」チビにいちゃんは、おどろきのあまり、ちょっとあとずさりしました。

「さて、感想《かんそう》は？」と、リリヤさんがきいてきました。

「マジックだ……」と、チビにいちゃんはいいました。「いまの、マジックだよね？　こんな、すごい時計《とけい》、見たことがない！」

「おや、そうかね。まあ、人はときに、見た目にだまされることがあるからな」

「おーい、スズメちゃん。もう一回《いっかい》、出ておいで」チビにいちゃんは、時計《とけい》にむかって声をかけました。

「いいや、出てこんよ。四時《よじ》まではな」

「どうして、そんなことがわかるの？　また、すぐ出てきてほしい」

「いや、また一時間後《いちじかんご》じゃよ」と、リリヤさんはいいました。「さあ、ペルソンさんの時計《とけい》は、もうすぐだ」

チビにいちゃんは、ベラおばさんの振《ふ》り子《こ》時計《どけい》を、きょろきょろとさがしてみました。ですが、それらしいものは、どこにも見あたりません。

「ベラおばさんの時計《とけい》って、どこ？」

「これだ」リリヤさんは、小さな時計《とけい》のネジをまきながらいいました。

「え？　それ？」チビにいちゃんは、リリヤさんがもっているものを見ていいました。「なぁんだ！　ベラおばさんの時計《とけい》って、お店の振《ふ》り子《こ》時計《どけい》じゃなかったんだ」

ベラおばさんが修理《しゅうり》に出していたのは、うで時計《どけい》だったのです。

「ぼく、ばかだったなぁ」

チビにいちゃんは、ちょっと、がくっとしました。これなら、もって帰るのに、なにもそりなんかいりません。

「あぁあ、帰りたくないな」と、チビにいちゃんはつぶやきました。「ここって、ほんとにたのしいんだもん」

「そうかね」リリヤさんはそういって、またちょっと、にこっとしました。

「もう一回《いっかい》、スズメがなくのを見てみたいな」

「スズメじゃない、カッコーだ。だから、カッコーと、ないとったじゃろ？」

「ぼく、オンドリのまねならできるよ。夏にいくベラおばさんの別荘《べっそう》のとなりに、オンドリがいるんだ。こうなくんだよ。コケッコッコ――――！」

その声が、あまりに大きかったので、リリヤさんは、びっくりして、おもわずとびあがってしまいました。

「ね、にてるでしょ？」と、チビにいちゃんはいいました。

「あぁ、そうだな」と、リリヤさんはいいました。「しかし、おまえさんは、おもしろいやつだな」

チビにいちゃんは、ほめられたので「もう一回《いっかい》、ききたい？」と、いいました。

「いや、もうじゅうぶんだ」リリヤさんは、すぐにそうこたえました。

そして、リリヤさんは、ベラおばさんのうで時計《どけい》を、小さな赤い布《ぬの》でみがきだしました。

「それ、なに？」と、チビにいちゃんがききました。

「これか？　これは、クロッカスだ」と、リリヤさんはいいました。「金《きん》や銀《ぎん》なんかをみがくための布《ぬの》だ」

「あ、ぼくをからかおうったって、そうはいかないよ。ぼくだって、それくらいしってるんだ。クロッカスって、花の名まえでしょ？」チビにいちゃんは、にこにこしながらいいました。「でも、それ、なんでそんなに真《ま》っ赤《か》なの？」

「おまえさん、ひみつをまもれるかね？」と、リリヤさんはききました。

チビにいちゃんの目が、きゅうに大きくなりました。「ひみつ」ということばをきくと、いつだってわくわくしてきます！

「うん、まもれる」チビにいちゃんは、こくんと、うなずきました。

「これはな……海賊《かいぞく》の血《ち》なんだ」と、リリヤさんはいいました。

海賊《かいぞく》の血《ち》!?

リリヤさんは、いま、そういったでしょうか？　ええ、たしかにいいましたとも。まさか、リリヤさんが、そんなひみつをかくしもっているなんて、だれがそうぞうできたでしょう！

そのしゅんかん、チビにいちゃんの、リリヤさんに対《たい》する見かたが、がらりとかわりました。リリヤさんって、なんてすごい人なんだろう。海賊《かいぞく》をしってるだなんて！

チビにいちゃんは、リリヤさんがもっている赤い布《ぬの》をじっと見つめました。

「もしかして……」チビにいちゃんは、そっとたずねました。「おじさんも……海賊《かいぞく》なの？」

「いや、わしは、ちがう」と、リリヤさんはいいました。

「この布《ぬの》は、海賊《かいぞく》の血《ち》でそめてるから、ピカピカになるの？」

「そのとおり」リリヤさんは、しんけんなまなざしでこたえました。

「ふつうの人の血《ち》じゃだめなの？　たとえば……おじさんの血《ち》とか」

「できなくはないとおもうが」と、リリヤさんはいいました。「だが、これとおなじくらいピカピカにはならんだろうな。ほれ、だから見てのとおり、うちの時計《とけい》は、どれも、ピカピカしとるじゃろう？」

チビにいちゃんは、ふいに、カウンターのおくへはいっていきました。

「おい、どこへいくんだ？」と、リリヤさんがいいました。

「海賊《かいぞく》は、どこ？」チビにいちゃんは、きょろきょろしながら、ささやきました。

「フゴッ！」

リリヤさんは、おもわずうしろをむいて鼻《はな》をならし、肩《かた》をゆらしながら、こみあげてくるわらいをおさえました。それからやっと、ゴホンと、せきばらいをしていいました。

「海賊《かいぞく》はな……いまは、ここにいない。一週間《いっしゅうかん》にいっぺんだけ、きてくれるのさ。それで、海賊《かいぞく》のゆびに針《はり》をさして、血《ち》をもらってるんだ」

「それ、海賊《かいぞく》は、すきでやってもらってるの？　いたくてないたりしない？」

「なきゃしないよ。むしろ、大わらいしとる。針《はり》でさされて、血《ち》をとられるのがすきなんだ。それが、海賊《かいぞく》ってもんよ」

チビにいちゃんは、わらいました。

リリヤさんも、わらいました。でも、こんどは、にこっとではなく、心のそこから、わらったのです。

見ると、リリヤさんの顔は、もうぜんぜんむすっとしていませんでした。チビにいちゃんは、リリヤさんのことが、大すきになりました。

「どれ、あのカッコーに、とくべつに、いま、ないてもらえないか、きいてみるとするか」リリヤさんはそういって、小さな台をはこんできました。

そして、台にのぼると、あの家みたいな木の時計《とけい》に手をのばし、なにやらいじくりはじめました。

「ていねいにおねがいしなくちゃだめだよ」と、チビにいちゃんはいいました。

すると、リリヤさんは、その時計《とけい》にむかって、やさしくいいました。

「カッコーや、どうかきいておくれ。まだ、四時《よじ》にはならんが、このおわかい子のために、とくべつに出てきてくれんか」

すると、どうでしょう！　時計《とけい》の小さなまどがひらいて、カッコーがとび出してくると「カッコー！」と、ないてくれたのです。

そして、それから、なん度《ど》もないてくれました。

「どうだい？　これでじゅうぶんかい？」と、リリヤさんがききました。

「もっと！」と、チビにいちゃんはいいました。

「じゃあ、こんどは、おまえさんが、たのんでごらん」

そこで、チビにいちゃんは、時計《とけい》に声をかけました。

「おねがいします、小さなカッコーさん！　どうか出てきて、いっぱいないてください！」

すると、カッコーは、ほんとうにまた出てきて、チビにいちゃんが「もう、いいよ！」というまで、なん度《ど》もなん度《ど》もないてくれました。

それから、リリヤさんは、ベラおばさんのうで時計《どけい》をきれいにつつんで、わゴムでとめると、チビにいちゃんにわたしてくれました。

チビにいちゃんは、ポケットからさいふを出して、チャックをあけると、ベラおばさんからあずかってきたお金《かね》を、リリヤさんにわたしました。

リリヤさんは、チビにいちゃんのさいふを見て「なかなかりっぱなさいふだ」と、いってくれました。

そこで、チビにいちゃんは、ピカピカにみがいた、五クローナのコインを見せてあげました。

すると、それを見た、リリヤさんがいいました。

「ほう。じゃあ、こいつを、もっとピカピカにできるか、ためしてみようか」

そして、リリヤさんは、海賊《かいぞく》の血《ち》でそまったクロッカスで、五クローナのコインをみがきだしました。しばらくこすっていると、コインは、まえよりも、もっとピカピカになり、まるで小さな太陽《たいよう》のようにかがやきだしました。

「わぁ！　これは、世界《せかい》じゅうで、一ばんピカピカの五クローナだね！」と、チビにいちゃんはいいました。

「そうだろうな」と、リリヤさんもいいました。

「じゃあ、さようなら！」チビにいちゃんは、なごりおしそうにいいました。

「さよなら。また、たまには、よってくれるね？」と、リリヤさんはききました。

「ぼく、まいにちくるよ。だって、おじさんが、海賊《かいぞく》に、チクッてやるとこ、見てみたいもん！」

「ああ、そりゃそうだ。じゃあ、またな」

リリヤさんは、チビにいちゃんを見おくると、さてさて、どうしたものやらという顔で、お店のドアをしめました。

5　チビにいちゃん　ニワトリをほしがる

　ある日、ママは、居間《いま》のすわり心地《ごこち》のいいいすにすわって、本を読んでいました。パパは、ソファにねそべって、新聞《しんぶん》を読んでいました。長女《ちょうじょ》のデッシは、O《オー》ちゃんをねかしつけに、ベッドへつれていき、次女《じじょ》のミッレは、台所《だいどころ》でおさらあらいをしていて、ラッセとクヌッテとロザリンダは、映画館《えいがかん》へ出かけていました。

「ちょっと、パトリック。いまから、紙をきったりしないでね」と、ママがいいました。「あなたも、もうすぐ〈ニワトリ小屋《ごや》〉で、ねるんだから」

「いつも〈ニワトリ小屋《ごや》〉って、いうけどね」と、チビにいちゃんはいいました。「それって、お

かしいよ。だって、ぼくたちの部屋《へや》には、ニワトリなんかいないもん」

「そうね。でも、それっぽいのが、二羽《にわ》いるわ」と、ママはいいました。

「そのうちの一羽《いちわ》は、きょうぼうなオンドリだ」パパも、新聞紙《しんぶんし》ごしにいいました。

「もう一羽《いちわ》は、小さなトサカのメンドリちゃんね。そのうち、すてきなメンドリになるでしょうけど」と、ママもいいました。

　チビにいちゃんは、それが、どういうことだか、わかりました。パパのいうオンドリとは、自分のことで、ママのいうメンドリとは、O《オー》ちゃんのことなのです。だって、O《オー》ちゃんのかみの毛は、どんなにくしやブラシをかけても、いつもトサカみたいに、ぴょこんと立っていましたから。

「でも、ぼくたちの部屋《へや》に、ほんもののニワトリは、いないよ」と、チビにいちゃんはいいました。

「そうね、それはよかった」と、ママがいいました。「ほんもののニワトリがいたら、いまよりやることが、ふえちゃうもの」

「ニワトリがいたら、O《オー》ちゃんとぼくとで、せわをするのになぁ」と、チビにいちゃんはいいました。「ほんもののニワトリ小屋《ごや》はさ、ふるい人形《にんぎょう》の家をつかえばいいし」

「たのしそうね。でも、ともかく、もうちょっとあそんでてもいいけど、わたしに本を読ませてちょうだい。あと、十五分《じゅうごふん》くらいしたら、ねましょうね」

そこで、チビにいちゃんは、もうすこしあそぶことにしました。木のいすを四つもってきて、自《じ》分《ぶん》のまわりをとりかこみ、それをおりに見立《みた》てると、ゴリラのつもりになって「ウォー！」と、ほえたてました。チビにいちゃんは、まえに一度《いちど》だけ、ストックホルムのスカンセン動物園《どうぶつえん》で、ほんもののゴリラを見たことがあったのです。

ゴリラが、あんまりやかましくほえるので、ママは、コーヒーのトレイから、角砂糖《かくざとう》をもってきて、おりのなかにさしいれてくれました。

ゴリラは、角砂糖《かくざとう》を食べているあいだは、おとなしかったのですが、食べおえてしまうと、また、ほえだしました。そして、おりのなかをうろうろあるきまわり、いすによじのぼったり、角砂糖《かくざとう》をもっとよこせと、いすのあいだからうでをのばしたりしました。

「あぁ、なんてうるさい子ザルかしら！」と、ママがいいました。

「子ザルじゃない、大きなゴリラだ」チビにいちゃんは、ほえるようにいいました。

「角砂糖《かくざとう》は、もうだめ」と、ママはいいました。

「じゃあ、ケーキ」と、ゴリラはいいました。「それがだめだったら、バナナか、リンゴか、チョコレート！　ウォーウォー！」

「ママが、しずかにしろっていったのが、きこえなかったのか？」と、パパがいいました。

「だって……」チビにいちゃんは、ぶつくさいいました。

べつに、はっきりと「しずかにしろ」と、いわれたおぼえはありません。

ミッレが、台所《だいどころ》からやってきて、チビにいちゃんに、かたくなったパンのきれはしをもってきてくれました。チビにいちゃんは、ふまんそうに、フン！　と、鼻《はな》をならしましたが、それでも、そのパンをゆっくりと、くちゃくちゃかんで、食べてしまいました。

そのあと、チビにいちゃんは、ためしに、かなしそうな声を出してみました。すると、またミッレがきてくれました。ところが、こんどもってきてくれたものは、たまねぎでした。そんなもの、ほしくありません。

チビにいちゃんは、だんだんゴリラにあきてきました。そこでさいごに、おりのなかのゴリラが、人間《にんげん》にからかわれたときにするように、鼻《はな》をならし、歯《は》をむき出して見せると、あとは、ふつうに、おりからぬけ出して、いすをもとの場所《ばしょ》へもどしました。

「ママ」と、チビにいちゃんはいいました。

「なに？」本のむこうがわで、小さなためいきがきこえました。

「ヒヨコって、たまごからかえるんだよね？」

「そうよ」

「それで、メンドリは、たまごの上にすわって、あたためてるんでしょ？」

「そうよ。それくらいしってるでしょ？　いままでなん度《ど》か話したもの。今年《ことし》の夏、ブリマーおばさんの別荘《べっそう》でも見たわよね？　おぼえてる？」

「うん。そしたらさ、もし、ぼくひとりで、たまごからヒヨコをかえせたらさ、そのヒヨコ、飼《か》ってもいい？　一羽《いちわ》だけ」

「なんですって？」と、ママはいいました。「まあ、それができるならだけど……。ええ、まあ、いいわ。ほんとにできるならね。やくそくするわ。べつにきけんは、ないし」

「やったね。じゃあ、あとは、なにをすればいいか、もうわかってるんだ」

「そう。じゃあ、いっておやりなさい」ママは、そういって、また読書《どくしょ》をつづけました。

チビにいちゃんは、ミッレがいる台所《だいどころ》へいきました。

「ミッレねえさん。たまご一こ、ちょうだい」と、チビにいちゃんはいいました。

「たまご？　たまごで、なにするの？」と、ミッレがききました。

「いまにわかるさ」チビにいちゃんは、そういって、にやりとしました。

ミッレは、ママのところへいきました。

「ママ、チビに、たまごをくれっていわれたんだけど、あげてもいいの？」

「え？　あぁ、そうよ。ひとつ、おあげなさい」と、ママはいいました。「だったら、黄色《きいろ》いボウルにはいってる、ゆでたまごをひとつあげて。それなら、あんしんだから」

チビにいちゃんは、たまごをひとつもらって、ママたちのもとへもどってきました。そして、居間《いま》のなかを見まわしました。たしか、ブリマーおばさんの別荘《べっそう》で見たメンドリは、干《ほ》し草のなかにたまごを産《う》んで、あたためていたはずです。

チビにいちゃんは、パパにききました。

「パパ、いまから、馬小屋《うまごや》にいってきていい？」

「だめだ、もうおそい。むこうで、なにするつもりだい？」と、パパがききました。

「干《ほ》し草が、ちょっとほしくって」

ママとパパは、顔を見あわせました。

「あれじゃ、干《ほ》し草の代《か》わりにならないかしら？」ママは、そういって、デッシたち女の子が、ママへのクリスマスプレゼントにくれた、毛の長いラグをゆびさしました。

チビにいちゃんは「あ、それでもいいや」といって、ラグのまんなかに、たまごをおくと、その上によこになりました。

パパは、ママに小声《こごえ》で「ゆでたまごで、たすかった」と、いいました。

チビにいちゃんは、羽《はね》をふくらませたほんもののメンドリになったつもりで、よこになっていました。ブリマーおばさんの別荘《べっそう》で見たメンドリが、こんなふうにして、たまごの上にすわっていたからです。

「コッコ、コッコ」と、チビにいちゃんはなきました。

しばらくして、チビにいちゃんは、そっとたまごにふれてみました。

やった！　たまごがあたたかくなっています！

「きっと、たまごのなかでヒヨコがそだってるんだ」と、チビにいちゃんはおもいました。

そこへ、デッシがやってきていいました。

「チビ、どこ？　おやすみなさいをいって、ベッドへいきなさい」

「ママ」と、チビにいちゃんはいいました。「もうちょっと、おきてていい？」

「どれくらい？」と、ママはききました。

「わかんない。だって、どれくらいかかるか、わかんないんだもん」

「どれくらいって、ヒヨコがかえるかってこと？　それなら、二《に》、三週間《さんしゅうかん》かかるわよ。たしか」

「二十一日間《にじゅういちにちかん》だ」と、パパがいいました。

「そんなにかかるの？」チビにいちゃんは、おどろきながらいいま

した。

二十一日間《にじゅういちにちかん》が、どれくらい長いのか、チビにいちゃんには、あまりそうぞうがつきませんでしたが、それでも、すごく長いようにおもわれました。

「でも、そんなの、たいしたことないでしょ？」と、ママがききました。

「たいしたことあるよ。でも、ぼく、ほんとうに、ニワトリがほしいんだ」と、チビにいちゃんはいいました。

「どうします？」ママは、パパにささやきました。「もうすこし、ここにいさせてやります？」

パパは、ラグの上にねそべっている男の子を見て、わらっていいました。

「まあ、どこまでつづけられるか、見てみるのも、いいかもしれないね」

「じゃあ、わかった」と、ママはいいました。「デッシ、パトリックはまだ、ねかせなくてもいいわ。いま、この子は、パトリックじゃないの。たまごをあたためてる、メンドリなの」

チビにいちゃんは、にっこりしました。

ママとパパとデッシは、わらいました。

どうして、三人《さんにん》は、わらったのでしょう。自分《じぶん》が、メンドリとおなじくらい、長くすわっていられないとでも、おもっているのでしょうか？　このままずっとすわりつづけて、みんなに、ヒヨコがかえるのを見せてあげるつもりなのに。

それにしても、ベッドでねなくていいだなんて、ゆかいでたまりません。このまま、ひとばんじゅうおきていて、たまごのようすを見ていてやろうと、チビにいちゃんは、おもいました。

ところが、ふと、しんぱいなことに気がつきました。

「ねえ、ママ。ぼくに、食べるもの、もってきてくれるよね？　だって、ぼく、ここからはなれられないんだもん」

「ええ、いいわよ。もってきてあげる」と、ママがいいました。「いま、なにか、食べたい？」

「うん、食べたい」

ママは、本をおいて、台所《だいどころ》へいきました。それから、小さなうつわをふたつはこんできて、チビにいちゃんのまえにおきました。ひとつには、水がはいっていて、もうひとつには、皮《かわ》ごとつぶしたジャガイモと、すこしつめたくなったオートミールがはいっていました。

「なにこれ」チビにいちゃんは、がっかりしながらいいました。

「ニワトリさんのエサよ」と、ママはいいました。「ニワトリって、こういうのが大すきなのよ」

「ぼく、やっぱり、おなかへってないや」と、チビにいちゃんはいいました。

「そうね、ニワトリは、こんな時間《じかん》に食べたりしないわね。ふつうなら、ぐっすりねむってる時間《じかん》だもの。だったら、あしたの朝、食べなさい。きっとおなかがへってるでしょうから」ママは、そういって、こんどは、パパに声をかけました。「さあ、あなた。わたしたちも、そろそろねましょ。メンドリさんが、あんしんしてねむれるように」

「そうだね。それがいい」と、パパはこたえました。

「おやすみ、小さなメンドリさん」ママは、そういって、本をわきにはさみました。「しっかりねなさいね」

パパと、女の子たちも「おやすみ」といって、居間《いま》から出ていきました。

チビにいちゃんは、ちょっとおどろきました。ふつう、みんなは、もっとおそくまで、おきているはずなのに。それに、だれも「はやくねなさい」と、いわないなんて、なんだかふしぎな感《かん》じです。いつもなら、みんなから、やかましくせきたてられて、ベッドにいれられるのですから。

チビにいちゃんは、なんだか、ドキドキしてきました。これは、友だちのペッレ＝イエーランに、じまんできます。たまごからヒヨコがかえったら、ペッレ＝イエーランにも、エサをやらせてやろうかな？

しばらくすると、げんかんのドアがあく音がしました。ラッセとクヌッテとロザリンダが、映画館《えいがかん》から帰ってきたのです。ママは、寝室《しんしつ》から出てきて、ラッセたちと、なにやら話をしはじめました。みんなのわらい声がきこえてきましたが、ママが「シッ！」というのも、きこえました。きっと、ママは、自分《じぶん》が、もうねているとおもって、そういったのでしょう。ところがどっこい、ねてなんかいません。そうかんたんに、ねるもんですか。

「コッコ、コッコ！」チビにいちゃんは、できるだけ大きな声でないてみました。「こんばんは、ラッセにいさん。わたしは、たまごをあたためているメンドリです。ちょっときて、見てごらん」

居間《いま》のとびらのむこうから、ママの声がきこえてきました。

「もうこの時間《じかん》じゃ、ニワトリ小屋《ごや》は、しずかになってるはずよ」

ママの声は、まじめでしたが、そこまで本気《ほんき》という感《かん》じでもありませんでした。そして、とびらがあいて、ラッセとクヌッテとロザリンダが、そっとはいってきました。

「ほんとだ。たまごの上にすわってる」と、ラッセがいいました。「こりゃ、りっぱなメンドリだ。きっと、ねこぐらい大きいヒヨコがかえるぞ」

「そんな、まさか」と、チビにいちゃんはいいました。「このたまごは、とってもちっちゃいんだよ。ねこなんか、はいってるもんか」

「ひとばんじゅう、ゆかにいる気なの？」と、ロザリンダがききました。

「ゆかじゃないよ。干《ほ》し草だよ。これが見えないのかい？」

「そのラグが干《ほ》し草？　はっはっはっ」クヌッテがわらいました。

「ママ、これ、干《ほ》し草だよね？」チビにいちゃんは、しんぱいそうにききました。

「ええ、もちろんよ」と、ママはいいました。「クヌッテ、パトリックをからかわないで。パトリック、あなたは、すきなだけ、メンどりになってていいのよ。もし、メンドリでいるのにあきたら、いつでもパトリックにもどって、やわらかくて、気持《きも》ちのいい自分《じぶん》のベッドでねなさいね」

「ぼく、ここにいる」と、チビにいちゃんはいいました。

「あら、そうですかーのー、メンドリちゃん」と、クヌッテはからかいました。「でも、キツネにだけは、気をつけて！」

そして、ラッセをのぞいて、みんな、居間《いま》から出ていきました。

「キャンディーでもなめるかい？」と、ラッセはいいました。「あ、メンドリは、そんなもの食べないか」

「ううん、いる」と、チビにいちゃんはいいました。

ラッセは、チョコレート味《あじ》のキャンディーをくれました。チビにいちゃんは、さっそく口にほうりこみました。とってもあまいキャンディーでした。

ラッセは、チビにいちゃんのかたわらにすわっていいました。

「あした、おれとスケートにいくか？　朝ごはんのあと」

それをきくと、チビにいちゃんの心がときめきました。チビにいちゃんは、スケートが大すきだったのです。これまでは、あまりうまくすべることが、できませんでしたが、前回《ぜんかい》、はじめて、氷《こおり》の上に立てたのです。そして、そのままラッセにいさんにおしてもらったのが、どれだけたのしかったか！

「でも、ぼく、たまごをあたためてなきゃならないし……」チビにいちゃんは、かなしげな顔でいいました。

「そっか、そりゃ、ざんねんだな」と、ラッセはいいました。「じゃあ、代《か》わりに、ペッレ＝イエーランでも、さそうよ」

ペッレ＝イエーランは、チビにいちゃんの親友《しんゆう》でしたが、ラッセのおとうとは、自分《じぶん》です。ペッレ＝イエーランが、氷《こおり》の上で、ラッセに、おしてもらうだなんて、ゆるせません。そして、そのあいだ、自分は、こうして、干《ほ》し草の上に、よこになっていなければならないなんて……。

「ねえ、ヒヨコがかえるまで、まてない？」と、チビにいちゃんはききました。

「そんな、時間《じかん》がかかりすぎるよ。ヒヨコがかえるときには、氷《こおり》も雪もとけてなくなってるかもしれないぞ。だったら、たまごをあたためるのを、冬がおわるまで、まてないのかい？」

チビにいちゃんは、なやみました。ニワトリは、どうしてもほしいけれど、スケートもしたかったのです。

「ねえ、ラッセにいさんは、たまごをあたためたことある？」と、チビにいちゃんはききました。

「いいや」ラッセは、わらってこたえました。「そんなに長くすわっていられないからね」

「え？　できないの？」チビにいちゃんは、おどろきました。

チビにいちゃんは、ラッセにできないことなんてない、とおもっていたのです。ラッセとパパは、なんだってできるのですから。

「たまごをあたためはじめたら、はなれちゃだめなんだぞ。一度《いちど》ひえたら、もうたまごは、かえらないんだからな」と、ラッセはいいました。

「しってる」

「さらに、いうとな」ラッセが、つづけていいました。「ぜんぶのたまごから、ヒヨコがかえるとは、かぎらないんだぞ。だから、たとえ三週間《さんしゅうかん》、たまごの上にすわってたって、ヒヨコが出てこないときもある。そうなったら、がっかりだろ？」

それは、かんがえてもみなかったことでした。チビにいちゃんは、どんなたまごでも、あたためれば、かならず、ヒヨコがかえるとおもっていたのです。

ただ、チビにいちゃんは、一度《いちど》、やろうときめたことを、あきらめるのが、きらいでした。なので、もうしばらく、つづけることにしました。

「じゃあ、おれも、こんやは、このソファでねてやろうか？」と、ラッセがいいました。

それは、うれしい提案《ていあん》です。そうしたら、ラッセと、ひとばんじゅう、おしゃべりをしたり、おかしを食べたりできます。でも……ほんもののニワトリは、そんなことするでしょうか？

「んー、そうしたいけど……。ふつう、夜のニワトリ小屋《ごや》に、人間《にんげん》はいないよ。ニワトリは、ニワトリだけでいるからね」

「そうだな。じゃあ、そうすればいい」と、ラッセはいいました。「気がかわったら、よべよ。この電気《でんき》は、けしておくぞ。ニワトリ小屋《ごや》は、夜、くらいはずだからな」

電気《でんき》がきえて、ラッセが出ていくと、チビにいちゃんは、まどからさしこむ、街灯《がいとう》のあかりを見つめました。ときどき、たまごにふれて、あたたかいかどうかたしかめました。よし、あたたかい。これなら、このたまごには、きっと、生きたヒヨコがはいっているはず。

と、そのとき、とびらのちかくで、なにかがうごきました。

「なんだろう？　人じゃなかった。動物《どうぶつ》かな？　サル？　ゴリラ？　いや、もっと小さかった。もしかして、キツネ……？　いや、そんなこと、あるはずない。でも、クヌッテがいってた。『キツネにだけは、気をつけて』と……」

もちろん、いま、チビにいちゃんは、メンドリです。そして、キツネは、メンドリをおそうものです。ブリマーおばさんの別荘《べっそう》のとなりの農場《のうじょう》で、キツネがニワトリ小屋《ごや》にしのびこみ、メンドリが、なん羽《ば》もおそわれた話をきいたことがありました。

でも、そうはいったって、チビにいちゃんは、なりきったつもりのメンドリです。それに、キツネが、町の家のなかにはいってこられるはずがありません。でも……キツネは、ずるがしこい動物《どうぶつ》です。なので、ぜったいそうじゃないと、いいきれるでしょうか？

あ、ほら、いま、とびらのちかくで、やっぱりなにかがうごきました。そして、どんどん、こっちへちかづいてきます！

チビにいちゃんのむねが、ドッキンドッキンしてきました。

「ママ！　パパ！　ラッセ！」と、声をあげたほうが、いいでしようか？　ところが、きゅうに、のどがつまって、声が出なくなってしまいました。

と、そのとき！

「ミャオ！」と、キツネがなきました。

「ミャオ？　あっ！　クロ！」

正体《しょうたい》は、ねこのクロでした。

「クロか、おいで」と、チビにいちゃんはよびました。

クロは、チビにいちゃんにちかよってくると、のどをグルグルとならしはじめました。チビにいちゃんは、やわらかくて、あたたかいクロをなでてやりました。いま、クロがいてくれることは、なによりうれしいことでした。それに、クロが、キツネではなかったことも、おなじくらいうれしいことでした。

それから、しばらくして、ママが、そっと居間《いま》にはいってきました。そのころには、チビにいちゃんもクロも、ぐっすりとねむっていました。それを見たママは、チビにいちゃんを〈ニワトリ小屋《ごや》〉のベッドへはこぼうかしら、とおもいましたが、やめておきました。そこで、チビにいちゃんの頭の下にまくらをあてがい、チビにいちゃんとクロに、毛布《もうふ》をかけてやりました。クロが目をさまし、懐中電灯《かいちゅうでんとう》のような黄色《きいろ》い目を光らせましたが、チビにいちゃんは、おきませんでした。

その夜、ママは、なん度《ど》もようすを見にきて、パパも、一度《いちど》、見にきました。でも、チビにいちゃんは、まるで自分《じぶん》のベッドにいるかのように、ぐっすりとねむっていました。

つぎの日の朝、チビにいちゃんは、はやい時間《じかん》に目をさましました。目をこすりながら、おきあがると、あたりを見まわしました。なんだか、みょうです。足に、小さな針《はり》がいっぱいささっているような感《かん》じがします。足が、すっかりしびれていたのです。

そして、つぎのしゅんかん、自分《じぶん》はいま、メンドリだったんだ、ということをおもいだしました。

あれ？　でも、メンドリは、いつのまに、まくらや毛布《もうふ》をつかっていたのでしょう？

「これ、どっからきたんだ？」と、チビにいちゃんはおもいましたが、ただ、あってよかったともおもいました。きがえもしないで、さらに、まくらと毛布《もうふ》なしでねていたら、さぞかし、さむくてつらかったでしょう。

きのうの夜、ママが、ニワトリのエサだといって出してくれた、うつわがありました。もうまったくおいしそうに見えません。いちおう、つめたくなったオートミールにゆびをつっこんで、なめてみました。

「うっ！　やっぱ、まずい」チビにいちゃんは、顔をしかめました。

そして、きのうの夜ほど、メンドリでいるのが、たのしくなくなっていました。

カーテンのすきまから、晴れた空が見えました。きょうは、きっといい天気《てんき》にちがいありません。

夜のうちに、雪がふっていたのでしょう。むこうの家のやねが、真《ま》っ白《しろ》になっていて、通りをはしる、そりの音がきこえてきました。

チビにいちゃんは、それが、ほんとうにそりの音かたしかめてみようと、まどのほうへいこうとしました。ですが、そのとたん「そうだ、うごいちゃだめだったんだ」と、おもいだしました。自《じ》分《ぶん》は、いま、たまごをあたためているメンドリなのですから。

「あれ？　でも、たまごは、どこだ？」

チビにいちゃんは、やわらかいラグを手でさぐってみました。ところが、たまごが、どこにもありません。チビにいちゃんは、毛布《もうふ》をはねのけ、四つんばいになって、まわりをくまなくさがしてみました。でも、どこにもないのです。そういえば、いつのまにか、クロもいなくなっていました。

もしかして、クロが、たまごをくわえて、どこかへいってしまったのでしょうか？　でも、ねこが、われてもいないたまごに、きょうみがあるとは、おもえません。

よく見ると、そばのソファに、クロがねていました。クロにとって、毛布《もうふ》は、あつすぎたのです。

「クロ」と、チビにいちゃんは、声をかけました。「おまえ、ぼくのたまご、どっかにもってった？」

クロは、目をあけると、フワァ！　と、あくびをして、ねそべったまま、のびをしました。

「あ、あった」

チビにいちゃんは、ママのひじかけいすの下に、たまごを見つけました。きっと、クロがたまごであそんだか、自分《じぶん》がねがえりをうったひょうしに、ころがしてしまったのでしょう。

チビにいちゃんは、はうようにして、いすの下へいき、たまごをひろいあげました。たまごは、氷《こおり》のようにつめたくなっていました。こんなにつめたいたまごをさわったのは、はじめてです。

チビにいちゃんは、がっかりして、もうすこしで、なきそうになりました。これでは、きっと、たまごはかえらないでしょう。でも、しかたがありません。それに、こうなってしまったいじょう、もう、じっとしているひつようはないのです！

「ま、いっか。これでもうおきて、あそべるぞ！」

それに、みんなといっしょに、朝ごはんを食べられます。もちろん、ニワトリのエサではなく、ふつうの朝ごはんを。あぁ、よかった！

すると、とつぜん、チビにいちゃんは、はっと、あることをおもいだしました。そして、まるで機関車《きかんしゃ》のようなあらい鼻息《はないき》を立《た》てて、にいさんたちの部屋《へや》へはしっていきました。

「ラッセにいさん！」チビにいちゃんは、ラッセの耳もとで大声《おおごえ》をはりあげ、大きくゆさぶりました。「ラッセにいさん、おきて！」

ラッセは、むくっと、おきあがり、ねぼけまなこで、目ざまし時計《どけい》を見ました。

「ん？　なんだよ？」と、ラッセはいいました。「なんだ、まだ七時《しちじ》じゃないか。もうちょっと、ねとけよ」

「ぼくのたまごね、つめたくなっちゃったんだ！」チビにいちゃんは、にこにこしながらいいました。「ねえ、さわってみて！」

「あぁ、そりゃ、ざんねんだったなぁ」ラッセは、そういいながら、大きなあくびをしました。

「ううん、もういいんだ」と、チビにいちゃんはいいました。「だから、ほら、スケートにいこ！　もう、たまごはかえらないんだもん。ペッレ＝イエーランなんか、さそわなくってもいいよ。ぼくが、ラッセにいさんといくんだから！」

（おしまい）

訳者あとがき

チビにいちゃんは、元気《げんき》いっぱいな男の子。いもうとのO《オー》ちゃんと、いつもたのしくあそんでいます。でも、元気《げんき》がよすぎて、ときどき、家族《かぞく》をびっくりさせてしまうことも。あるときは、おひるねしているO《オー》ちゃんの顔に、インクでお化粧《けしょう》してしまったり、またあるときは、おつかいでたのまれたパンをかじってしまったり、そのまたあるときは、こおった海の上をあるいていってしまったり……。でも、ママやパパやベラおばさんなどの周囲《しゅうい》のおとなたちが、あたたかく見《み》守《まも》ってくれているおかげで、チビにいちゃんは、のびのびとした子ども時代《じだい》を謳歌《おうか》しています。これこそ、子どもにとっての一番《いちばん》の幸せではないかと、私は思います。

また、熱心《ねっしん》な読者《どくしゃ》のなかには「『すえっこO《オー》ちゃん』の続編《ぞくへん》があっただなんて！」と、驚《おどろ》かれた人もいるかもしれません。ですが、読んでいただくとわかるとおり『すえっこO《オー》ちゃん』では、O《オー》ちゃんは五歳《ごさい》で、チビにいちゃんは七歳《ななさい》。本作《ほんさく》では、O《オー》ちゃんが三歳《さんさい》で、チビにいちゃんが五《ご》歳《さい》です。ということは、正確《せいかく》にいうと、本作《ほんさく》は『すえっこＯ《オー》ちゃん』の続編《ぞくへん》ではなく『すえっこＯ《オー》ちゃん』が、本作《ほんさく》の続編《ぞくへん》なのです。

では、この本がもっとたのしくなるように、ラルソン家の人たちのことを、少しつけくわえておきましょう。ラルソン家には、パパとママと、七人《しちにん》の子どもたちがいます。

パパの名まえは、ペール＝イバール＝パトリック＝ラルソンといって、職業《しょくぎょう》は、発明家《はつめいか》です。自分の工場《こうじょう》をもっており、社員《しゃいん》のリンドキストさんと働《はたら》いています。

ママの名まえは、マヤ＝ラルソンといって、パパと結婚《けっこん》するまでは、劇団員《げきだんいん》でした。読書《どくしょ》と布《ふ》団《とん》を干《ほ》すのがすきで、十七歳《じゅうななさい》のときに、生まれ故郷《こきょう》であるノルシェーピングをはなれ、ストックホルムへ上京《じょうきょう》しました。

ラルソン家の七人《しちにん》きょうだいを生まれた順番《じゅんばん》に紹介《しょうかい》すると、長女《ちょうじょ》のデスデモーナ（デッシ）は、絵を描《か》くのが得意《とくい》で、将来《しょうらい》、画家《がか》になるのがゆめです。『すえっこＯ《オー》ちゃん』のときは、もう、国民高等学校《こくみんこうとうがっこう》を卒業《そつぎょう》し、イエーランというボーイフレンドもいました。

次女のミランダ（ミッレ）は、デッシの一歳《いっさい》年下《としした》で、デッシよりも背《せ》がたかく、ベラおばさんに似《に》ています。勉強《べんきょう》が苦手《にがて》で、本もあまり読みません。体が大きいので婦人警官《ふじんけいかん》になろうとおもっていましたが、いまは、保育士《ほいくし》になるのがゆめです。

三女《さんじょ》のロザリンダは、ミッレの一歳年下《いっさいとしした》で、ちぢれ毛のやさしいおねえさん。頭がよくて、水泳《すいえい》も得意《とくい》です。いまのマンションに引っこすまえは、部屋《へや》がせますぎたので、ロザリンダだけ、親《しん》せきのおじさんの家にあずけられていたこともありました。

長男《ちょうなん》のラース（ラッセ）は、ロザリンダの一歳年下《いっさいとしした》。読書《どくしょ》がすきで、作文《さくぶん》が得意《とくい》。将来《しょうらい》、作家《さっか》になるのがゆめです。おとうとやいもうと想《おも》いで、おねえさんのなかでは、ロザリンダと気が合います。

次男《じなん》のクヌート（クヌッテ）は、ラッセの二歳年下《にさいとしした》で、ひとりで行動《こうどう》するのがすき。パイロットになるのがゆめで、飛行機《ひこうき》の模型《もけい》であそぶのがすきでしたが、いまは、きれいな石や切手《きって》をあつめるのにむちゅうです。

この本の主人公《しゅじんこう》である三男《さんなん》のパトリック（チビにいちゃん）は、クヌッテの七歳年下《ななさいとしした》で、あこがれの職業《しょくぎょう》は、バスの運転手《うんてんしゅ》や、パイロットや、発明家《はつめいか》など、いろいろありますが、最近《さいきん》は、べラおばさんがやっているクリーニングやさんです。ママ曰《いわ》く、チビにいちゃんが、いまよりもっと小さかったころは「なきだすと、とまらない。そのうるささときたら、まるで、船《ふね》の汽笛《きてき》か、トロンボーンみたいだった」とのこと。

四女《よんじょ》のオフェリア（O《オー》ちゃん）は『すえっこO《オー》ちゃん』の主人公《しゅじんこう》。チビにいちゃんの二歳年下《にさいとしした》で、きょうだいのなかで、一番《いちばん》、ママに似《に》ています。もっているおにんぎょうは、マレーナ、カイサ、ロセンゴールド、グルブリッツ（チビにいちゃんが、はさみで坊主《ぼうず》にしてしまいました）です。

ママは、劇団員《げきだんいん》をやめ、パパと結婚《けっこん》するにあたり、条件《じょうけん》を出しました。それは、子どもをたくさん作ること、そして、その子どもに名まえをつけさせてほしいということでした。パパは、ママと結婚《けっこん》したかったので「いうとおりにする」と、約束《やくそく》しました。

そこで、ママは、女の子たちに、シェイクスピアの劇《げき》に出てくる人物《じんぶつ》の名まえをつけ、男の子たちは、パパにつけてもらうことにしました。デスデモーナは、シェイクスピアの戯曲《ぎきょく》『オセロ』の登場人物《とうじょうじんぶつ》、ミランダは『テンペスト』、ロザリンダは『お気に召《め》すまま』、オフェリアは『ハムレット』に出てくる人物《じんぶつ》です。

最初《さいしょ》、ママは、長女《ちょうじょ》のデスデモーナに、O《オー》ちゃんのオフェリアという名まえをつけようとしました。なぜなら、むかし、もうすこしで、オフェリア役《やく》を演《えん》じることができそうになったことがあったからです。ですが、パパに「他《ほか》の劇《げき》で、もっときれいな名まえはないのかい？」といわれ、オフェリアという名まえは、ずっと後回《あとまわ》しにされてきました。でも、O《オー》ちゃんのころには、とうとうパパも折《お》れて、晴《は》れて最後《さいご》の子につけることができたのです。

本作《ほんさく》には『チビにいちゃんと馬のロッタ』という姉妹作《しまいさく》があります。もともと原書《げんしょ》は、一冊《いっさつ》なのですが、日本語版《にほんごばん》は、二冊《にさつ》にして、手に取りやすい形にしました。この本をたのしんでもらえたら、ぜひ、そちらも読んでみてください。

最後《さいご》に、挿絵《さしえ》についてですが、この本の原書《げんしょ》は『すえっこO《オー》ちゃん』と同様《どうよう》、ルイス・スロボドキンが挿絵《さしえ》をつけています。ところが、著作権《ちょさくけん》が迷子《まいご》になっていて、スロボドキンの遺族《いぞく》や、瑞雲舎《ずいうんしゃ》の井上さんが、数年間《すうねんかん》、奔走《ほんそう》してくれましたが、最後《さいご》まで見つからず、断念《だんねん》せざる得《え》なくなりました。どうしたものかと、一時《いちじ》は、途方《とほう》に暮《く》れてしまいましたが、絵本作家《えほんさっか》であり、イラストレーターのさこももみさんが、原作《げんさく》の絵を上回《うわまわ》るほどの魅力的《みりょくてき》な挿絵《さしえ》をつけてくだり、こうしてみなさんにお届《とど》けすることができた次第《しだい》です。井上さんと、さこさんには、心から感謝《かんしゃ》いたします。

二〇二三年　六月

小宮　由

文：**エディス＝ウンネルスタッド**（EDITH UNNERSTAD 1900-1982）

フィンランド、ヘルシンキ生まれ。10歳のときに、スウェーデンへ移住し、ストックホルムの女子校や、美術学校で学んだ後、24歳で結婚し、1932年に作家としてデビュー。その後、20冊以上の児童文学や、大人向けの小説や詩集も発表した。中でも人気があったのが、本作や『すえっこOちゃん』（フェリシモ出版）などのラルソン家シリーズで、本国スウェーデンでは、映画化やテレビドラマ化された。

訳：**小宮 由**（こみや ゆう 1974-）

東京都生まれ。翻訳家。2004年より東京・阿佐ヶ谷で家庭文庫「このあの文庫」を主宰。主な訳書に『マシュマロおばけ』『コレットとわがまま王女』『歌がにがてな人魚』『ヤナギ通りのおばけやしき』『ふたごのカウボーイ』（以上、瑞雲舎）『さかさ町』（岩波書店）『イワンの馬鹿』（アノニマ・スタジオ）など多数。祖父は、トルストイ文学の翻訳家であり、良心的兵役拒否者の故 北御門二郎。

絵：**さこ ももみ**（佐古 百美 1961-）

東京都生まれ、広島在住。東京学芸大学美術教育学科卒業後、小学校、高等学校教員を経てイラストレーターに。主な作品に『こんなときってなんていう？』シリーズ（たかてらかよ著、ひかりのくに）、『おじいちゃんちのたうえ』『さよならようちえん』『うさぎでうれしいうさぎはうさぎ』（講談社）『はっけんずかん　たべもの』（学研）『ばぁ！』（マイクロマガジン社）など多数。

PYSEN
1955
by EDITH UNNERSTAD

チビにいちゃんのおはなし①
チビにいちゃんとO《オー》ちゃん　2023年7月1日初版発行

文◆エディス＝ウンネルスタッド
訳◆小宮 由
絵◆さこ ももみ
デザイン◆井上 もえ
発行者◆井上 みほ子
発行所◆株式会社瑞雲舎
〒108-0074　東京都港区高輪 2-17-12-302
TEL 03(5449)0653/FAX 03(5449)1301
印刷・製本◆シナノ書籍印刷株式会社

NDC993 /ISBN 978-4-907613-45-7